Benito Pérez Galdós

Episodios nacionales III
Montes de Oca

Barcelona **2024**
Linkgua-ediciones.com

Créditos

Título original: Episodios nacionales III. Montes de Oca.

© 2024, Red ediciones S.L.

e-mail: info@Linkgua-ediciones.com

Diseño de cubierta: Michel Mallard.

ISBN tapa dura: 978-84-1126-334-4.
ISBN rústica: 978-84-9007-302-5.
ISBN ebook: 978-84-9007-218-9.

Sumario

Brevísima presentación

La obra

Montes de Oca es la octava novela de la tercera serie de los *Episodios Nacionales* de Benito Pérez Galdós.

Manuel Montes de Oca fue el militar que encabezó un levantamiento militar que se gestó en Madrid pero que tuvo lugar en la ciudad de Vitoria en 1841, justo unos meses después de que acabara la primera guerra Carlista.

A raíz de la inestabilidad política y las luchas entre moderados y progresistas, entre partidarios de la regencia de María Cristina y partidarios del gobierno de Espartero, los conflictos terminaron con la extradición de la regente. A través de la vida del coronel Santiago Ibero, amigo de Espartero, el autor va mostrándonos las convulsiones de la época hasta llegar a la «Octubrada», levantamiento militar capitaneado por O'Donell y el moderado Montes de Oca. Pero el fracaso del golpe le obligó a tratar de huir a Francia, siendo no obstante capturado y sentenciado a muerte por el general esparterista Martín Zurbano y fusilado precisamente por el coronel Ibero .

Destaca en esta narración el personaje de Rafaela Milagro, una mujer separada que representa un claro feminismo avant la lettre, una luchadora que exige la posibilidad del divorcio y que no se resigna a quedar enterrada en vida sin poder rehacer su existencia.

En cuanto a Santiago Ibero, militar liberal, se manifiesta enamorado de la hermana pequeña de Demetria, protagonista de anteriores novelas de la serie, lo que no le impide ser temporalmente amante de Rafaela, hija de un amigo.

I

En los cuarenta andaba el siglo cuando se inauguró (calle de la Abada, número tantos) el comedor o comedero público de Perote y Lopresti, con el rótulo de Fonda Española. No digamos, extremando el elogio, que fue el primer establecimiento montado en Madrid según el moderno estilo francés; mas no le disputemos la gloria de haber intentado antes que ningún otro realizar lo de utile dulci, anunciándose con el programa de la bondad unida a la baratura, y cumpliendo puntualmente, mientras pudo, su compromiso. La exótica palabra restaurant no era todavía vocablo corriente en bocas españolas: se decía fonda y comer de fonda, y fondas eran los alojamientos con manutención y asistencia, así como los refectorios sin pupilaje. Es forzoso reconocer que si nuestros antiguos bodegones y hosterías conservaban la tradición del comer castizo, bien sazonado y sustancioso, los italianos, maestros en esta como en otras artes, introdujeron las buenas formas de servicio y un poco de aseo, o sus apariencias hipócritas, que hasta cierto punto suplen el aseo mismo. No fue tampoco reforma baladí el sustituir la lista verbal, recitada por el mozo, con la lista escrita, que encabezaban los ordubres, estrambótica versión del término hors d'œuvre. Lo que principalmente constituye el mérito de los italianos es la introducción del precio fijo, la regla económica de servir buen número de platos por el módico estipendio de doce reales, pues con tal sistema adaptaban su industria a la pobreza nacional, y establecían relaciones seguras con un público casi totalmente compuesto de empleados y militares de mezquino sueldo, de calaveras sin peculio, o de familias que empezaban a gustar la vanidad de comer fuera de casa en días señalados o conmemorativos.

Para dar a cada uno lo que le corresponde con imparcial criterio histórico, conviene indicar que no fueron Perote y Lopresti verdaderos innovadores en materia y formas de comer, sino más bien los que divulgaron aquel arte precioso en la vida de los pueblos. Ya Genieys había dado a conocer las croquetas, los asados un poquito crudos, las chuletas a la papillote y otras cosillas; pero Lopresti popularizó estos manjares poniéndolos al alcance de los bolsillos flacos, acreditando su saber, así como la equidad paternal de sus precios. Al propio tiempo superaba a Genieys en los arroces a la valenciana y milanesa, así como en el bacalao en salsa roja; era maestro en el cordero con guisantes, en el besugo a la madrileña, en la pepitoria, en los macarrones a la italiana, y principalmente en los guisotes de pescado y mariscos a estilo provenzal o genovés. En el renglón de vinos, el poco pelo de la clientela limitaba el consumo a los tintos de Arganda o Valdepeñas para pasto, y un Jerez familiar y baratito para los libertinos domingueros, y para los que iban de jolgorio, con mujerío o sin él, a horas avanzadas de la noche. En estas francachelas de un carácter confianzudo y pobretón, no se conocía el champagne. El agua, de que algunos parroquianos hacían considerable gasto, se anunciaba como de la Fuente del Berro; mas era de la Academia o de la Escalinata. En el servicio de vinajeras introdujeron los italianos cristalería fina en armaduras elegantes, y presentaban los mondadientes en gallitos y monigotes de porcelana. Inferior era el lujo en la mantelería y lienzos de mesa, de dudosa blancura los más días del año.

Por todo ello tuvo la Fonda Española un éxito tan rápido como lisonjero, y el público invadió desde los primeros días el modesto y lóbrego local de la calle de la Abada, recinto que aún conservaba olor y trazas de logia masónica, piso bajo con dos rejas a la calle y entrada por el portal. Era éste ancho, con zócalo de azulejos negros y blancos como tablero de ajedrez, bien alumbrado a prima noche por un farolón de dos mecheros, oscuro a última hora y expuesto a tropezones, que a veces eran graves, sin contar el desagradable quién vive de las humedades mingitorias. Adoptaron los dueños, porque no podía ser de otro modo si habían de tonificar el establecimiento, el horario francés, dando la comida fuerte por la noche, con supresión de cocido. Al mediodía, servían almuerzos de seis y ocho reales, con huevos fritos y uno o dos platos, y el invariable postre de pasas y almendras con añadidura de un bollito de tahona, régimen que las casas huéspedes han perpetuado como una institución hasta nuestros días, y será preciso un golpe de revolución para destruirlo.

Fue uno de los primeros fundadores de la clientela el benemérito don José del Milagro, que, aunque cesante en todo el tiempo que vivieron los dos Gabinetes moderados presididos por don Evaristo Pérez de Castro, habíase agenciado algunos modos de vivir, honradísimos, y podía permitirse almuerzos de seis reales, y comiditas de ocho. Como tributo a una firme amistad antigua, los italianos le concedían rebajas discretas y abríanle créditos de una y de dos semanas, confiando en que el agraciado guardaría reserva sobre este privilegio para no desmoralizar a la parroquia. Debe advertirse aquí, para evitar juicios temerarios acerca de aquel digno sujeto, que estaba viudo desde el 38; que una de sus hijas, notable arpista, se había casado con un bajo italiano de la compañía de la Cruz, la otra con un subteniente de la Guardia Real, y que los chicos menores vivían en Illescas con su tía Doña Tránsito. Campaba, pues, el buen hombre por sus respetos, y ganándose la pitanza con traducciones de leyendas históricas o de historias poéticas, y con tareas de contabilidad, vivía suelto, libre, en solitaria y a veces triste independencia, viendo venir las cartas políticas, esperando la ruina del llamado Moderantismo y el triunfo del Progreso, que debía llevarle a la holgura y descanso de la Administración. En cuantito llegara el Progreso, y agarraran la sartén sus ilustres prohombres, nadie podía disputarle a Milagro su placita de dieciocho mil, digno premio del fervor consecuente, acendrado, incorruptible con que había defendido siempre las libertades públicas.

Correspondía Milagro a la generosidad de los italianos corriendo la voz de la excelencia y baratura del establecimiento, y a los pocos días ya eran feligreses don Víctor Ibraim, castrense del 2.º de la Guardia, y uno de los hermanos Fonsagrada, teniente del 4.º, con otros individuos de que se dará conocimiento. El más calificado entre estos era un don Bruno Carrasco y Armas, manchego de buena sombra, de insaciable apetito y de mucha correa en el discurso, que llevaba cuatro años en Madrid gestionando la resolución de un embrolladísimo expediente de Pósitos; hombre que pasaba por rico y que lo acreditaba convidando espléndidamente a los amigos cuando las esperanzas del pronto arreglo de su negocio le ponían de buen temple. Siempre que almorzaban juntos Milagro, Ibraim y Carrasco, se establecía entre los tres una feliz comunidad de criterio para juzgar las cosas públicas. Unánimes convenían en el aborrecimiento del régimen imperante, persuadidos de que la viuda de Fernando VII era la mayor calamidad arrojada por Dios sobre las pobres Españas.

A todos excedía Milagro en la firmeza de su convicción y en el ardor con que últimamente la manifestaba. Aquel hombre sin ventura, a quien hicieron escéptico las turbaciones políticas; aquella víctima, aquel mártir que había sufrido con admirable resignación los desastres que al individuo y a la familia ocasiona todo cambio de gobierno, llegó a comprender que la neutralidad y la falta de convicciones son la mayor de las desventajas en el orden social, y que por tal camino, por lo mismo que es el más derecho, no se va a ninguna parte. Sus dolorosas cesantías, sus hambres y escaseces demostráronle la necesidad de poseer un temperamento vivo, ya sea real, ya figurado, para no quedarse a la cola en el movimiento general. El manso, el prudente, el descreído que se planta y espera, es arrollado por la multitud que avanza ciega y ardorosa. Sentó plaza, pues, el buen Milagro, curado al fin de su insana neutralidad, en las falanges del Progreso, y se puso en las filas de vanguardia, enarbolando, si no la bandera, el primer trapo de colorines que encontró a mano.

Una noche de julio convidó el manchego sin tasa, agregando Jerez y licores, no ciertamente porque tuviera buenas noticias de su asunto, sino porque las tenía detestables, y la desesperación le indujo a echar la casa por la ventana, difiriendo sus esperanzas y colocándolas en el día no lejano del triunfo de los libres. En la boca y en el corazón de los amigos reverdecieron las tales esperanzas con el contento que dan el buen comer y un beber abundante a costa de generoso anfitrión. Al segundo plato el gozo era inefable, a los postres vocinglero. Los roncos acentos de Ibraim y su ceceo bárbaro llenaban la sala expresando las ideas más audaces, con escándalo de algunas orejas timoratas. De pronto se levantó un vejete que con tres individuos comía en una mesa lejana, y llegándose a la del manchego, insinuó una protesta en tono humorístico un tanto destemplado. Véase la muestra: «Oí patadas y dije: "caballería tenemos". Señores, se les saluda. ¿Qué hablan ustedes ahí de reinas y Ministerios, ni qué entienden de esto los caballeros del margen?... Y usted, señor de Milagro, no se agazape ni vuelva la cabeza, que ya le he conocido, y sus facciones, aunque hace un siglo que no nos vemos, no se me despintan. No vale, no, hablar mal de los moderados, después de haber comido con ellos a mandíbula batiente. ¿Pues qué quería usted, alma de Dios? ¿Que le tuvieran colocado toda la vida, y encima... le nombraran canónigo? ¿No han de comer los demás? ¡A fe que hay pocos padres de familia entre los moderados, con seis, siete y hasta doce criaturas!... Hoy les toca el pesebre a los morenos, mañana a los blancos... Si usted quería pan perpetuo, ¿por qué no aprendió un oficio, como lo aprendí yo, que a los catorce años ya me ganaba un cocido trabajando en la orfebrería con mi amigo Leandro Moratín? ¡Ja, ja, pues no me sale usted ahora con pocos humos!... ¿Qué espera mi hombre del Progreso? Tonto, más que tonto: pida limosna antes que limpiarle las botas a Linaje, y no se fíe de Espartero, que repartirá todos los piensos, digamos destinos, entre los animales manchegos, o sea los vecinos de Granátula. Esto lo veo yo... ¡ja, ja... y el que no lo vea es porque tiene ojos en la cara, no en el entendimiento... Ja, ja!»

—No le había conocido, señor don Carlos Maturana —dijo Milagro adoptando el tono zumbón, después de pintar en su rostro, en sucesivas expresiones, la sorpresa, el enojo y la hilaridad—. Con esas barbas que se ha dejado, da usted el pego a sus buenos amigos.

—No me disfrazo para conspirar, como usted, ni uso bigote de moco para adular al duque.

—No adulo... los pelos de mi cara siempre significaron libertad.

—Antes iba usted afeitado.

—Ya no, para no parecerme a los curas.

—Cuéntele eso a su compañero, el castrense que me oye.

—Este no es oscurantista.

—Ya; es retinto.

Don Víctor Ibraim echó mano a una botella. Acudió don Bruno a contener la ira del Capellán, y apaciguándole con un gesto y cuatro voces de lo más crudo, volviose risueño hacia el diamantista y le ofreció una copa de Jerez, acompañada la oferta de estas campechanas expresiones:

«Si me ha llamado usted animal, y recojo la alusión como hijo de Granátula, aunque no pariente de don Baldomero, yo le llamo a usted zopenco, y con estos insultos terribles no hacemos más que pasar el rato... porque aquí venimos a pasar el rato, no a pelearnos por una reina ni por un general. Beba usted, y luego nos diremos cuatro cuchufletas, si tiene humor de jarana. Estos amigos son pacíficos... Yo no he venido a Madrid a pedir un puesto en el pesebre, sino a que me hagan justicia.»

—¡Justicia! —repitió Maturana empinando—. A eso vienen todos, y luego... En fin, señores, perdonen mi desenfado. Hablaba como hablamos hoy todos los españoles, como un loco. No hagan caso: sin quererlo, dice uno mil desatinos. ¡Feliz España si fuera la tierra de los mudos! señor Ibraim, si le llamé a usted retinto fue por pasar el rato. Seamos amigos.

—Siéntese el buen Aguilera.

—¿Qué hay de noticias?

—Nunca sé nada que sea de oposición... Solo sé que nuestra excelsa reina sigue su viaje triunfal por Cataluña, y que no faltará quien le acuse las cuarenta al caballero de Granátula.

II

Entablaron luego coloquio amistoso: si la acción del Jerez lo encendía más de la cuenta, no tardaba en enfriarlo don Bruno arrojando en las ascuas su buen sentido, su pasta conciliadora y un lenguaje hábil para contentar a todos. Según Maturana, por el comunicado de Mas de las Matas, que más bien era manifiesto, Espartero merecía la destitución, y Linaje cuatro tiros. Cierto que no había un Gobierno bastante fuerte para ponerle el cascabel al gato... Un hombre existía con hígados bastantes para arrancar el bastón de manos del duque; un hombre, sí, de grande ánimo y convicciones profundas: don Manuel Montes de Oca; ¿pero qué podía un solo individuo, por animoso que fuera, entre tantos que creían resolver las cuestiones con discursos, con arreglitos y dimes y diretes? ¡La conciliación! ¡Buena conciliación nos diera Dios! La soberbia de Espartero no cabía dentro de las leyes, y era forzoso resquebrajarlas para hacerle hueco.

Con no poca dificultad, tartamudeando y corrigiéndose a cada instante, expresó el castrense andaluz opiniones enteramente contrarias a las del diamantista. Don Manuel Montes de Oca no era más que un barbilindo que no servía para nada. Sus habilidades consistían en componer versitos clásicos de la escuela del señor Reinoso, y pronunciar discursos acaramelados imitando a Martínez de la Rosa. Todos sus actos como político y como escritor eran los de un Quijote chico que había tomado a María Cristina por Dulcinea, y al moderantismo por ley de la andante caballería. Esto lo dijo Ibraim con formas premiosas y groseras, que traducimos al lenguaje usual para no afear con ellas estas páginas.

Con palabra más fácil, aunque algo entorpecida por el Jerez, hizo Milagro el panegírico de Espartero llamándole libertador, pacificador y apóstol de todos los adelantos. ¿No había concluido la guerra, o estaba a punto de concluirla? ¿No le debía España el completo exterminio de las hordas de la reacción? Pues suyo era el país, suyas las leyes, suya la autoridad y todo aquello que llamamos cosa pública. Desde que el mundo es mundo, desde Moisés a Bruto, desde Guillermo Tell a Cromwell, y desde Bonaparte a Espartero, el que ha tenido la fuerza y la razón ha tenido la cosa pública en el bolsillo. ¿Para qué nos servía esa reina, viuda de Fernando VII, casada hogaño con un Muñoz, dama graciosa y bonita, cuya linda mano movía el timón de la nave como si este fuera el abanico? ¡Cuánto mejor gobernaría Espartero, hombre de buen puño! El trono de Isabel necesitaba un protector macho, y España un Regente bien bragado y de muchísimos riñones. Que viniera pronto y colocara en sus puestos a los funcionarios probos, destituidos por la infame moderación. Viniera, sí, antes hoy que mañana, a traernos la justicia, eliminando de las oficinas a los pancistas, intrigantes y gorrones, y dando la merecida redención a los pobres mártires de la política.

Acogía Maturana con cascada risilla senil las manifestaciones egoístas de su amigo, y el buen manchego, tomando muy en serio su papel conciliador, discurría una componenda que sería felicísima si fuese práctica. ¡Lástima grande que Doña Cristina hubiera incurrido en la flaqueza de emparentar secretamente con Muñoz; lástima grande también que Espartero se hubiera precipitado a desposarse con Doña Jacinta Sicilia! Si uno y otro estuvieran solteros en aquel crítico momento de la historia patria, con una simple boda se realizaría la felicidad de la nación, afirmando la paz para siempre y repartiendo entre las dos familias o bandos los puestos administrativos. Casado el Progreso con la Corona, se casaban y refundían todos los derechos, y comían todas las bocas y se acababan todas las hambres; el contento general traería la general justicia, y la hartura sería el fundamento de la felicidad; no habría ya pronunciamientos, ni logias ni cadalsos, y daría gusto ver cómo marchaban fácilmente los asuntos, cómo prosperaba el trabajo, cómo hallaban su acomodo los pobres, y los acomodados la riqueza, y los ricos la opulencia; daría gusto ver despachados en un periquete los expedientes de arbitrios, los expedientes de Pósitos, los Pósitos, ¡Señor!, que eran la tela de araña en que se enredaban y perecían, como pobres moscas, los hombres más honrados de la nación.

Soltó la risa con mayor estrépito don Carlos Maturana, y levantándose se volvió a la mesa de donde había venido. Su reír picante, recorriendo la sala, era como si al andar se soltaran rodando por el suelo las cuentas de un rosario. Un tanto corrido, dirigía Milagro hacia la distante mesa los cristales de sus gafas; mas como era tan cegato, ni aun con los vidrios podía distinguir a los dos comensales del diamantista, a quienes este comunicaba su risa burlona.

«Dígame, Ibraim —preguntó al capellán—: ¿conoce usted a esos tipos que comen o han comido con don Carlos?»

—El que ahora se burla de nosotros —replicó don Víctor— no es para mí cara desconocida. Le he visto mil veces; me han dicho su nombre; pero en este momento no puedo traerlo a mi memoria. El muy sinvergonzonazo se ríe en nuestras barbas mirándonos con un ojo solo, porque es tuerto.

—Ya, ya le conozco —dijo el manchego—: es ese poeta... Demonches... Autor de una comedia que la llaman Moríos y vereislo.

—¿Poeta, tuerto... Muérete y verás? —exclamó el buen Milagro dando un palmetazo en la mesa—. Bretón de los Herreros.

Presuroso y también tocado de risa, corrió a la mesa del rincón más distante, y acogido por el poeta con un apretón de manos, oyó estas palabras de cordial benevolencia:

«También aquí disputamos, también nuestra mesa es un campillo de Agramante, o Cortes en miniatura, con izquierda y derecha, oposición y mayoría. Maturana y yo somos el orden establecido, vulgo Ministerio, y este señor...»

En un paréntesis hizo el poeta la presentación de su amigo, un joven alto, moreno, de rostro varonil y hermoso, que denunciaba la profesión de las armas, disimulada por el traje civil: «Mi amigo, casi paisano y casi pariente, don Santiago Ibero, teniente coronel de los Ejércitos Nacionales, propuesto ya para coronel... Fabulosa carrera, pero bien ganada; que éste no es de los de farsa.»

—¡Vivan los héroes —vociferó Milagro—, que nos han librado al fin de esa plaga indecente de la facción! ¡Ibero!... un nombre que no falla. Llamándose así no hay más remedio, señor mío, que ser español valiente y liberal.

—Lo que decía —continuó Bretón—. Don Carlos y yo somos en esta mesa el pobre Gobierno, y Santiago los señores de enfrente. Figúrese usted si estará forrado de liberalismo el niño este, que ha sido y es el brazo derecho de Zurbano. Un cuerpo cubierto de heridas y una cabeza de viento. Ya me lo dirá, ya me lo dirá cuando los años le amansen el genio, y cuando vea... porque todo es cuestión de ver pasar cosas y personas, reinados y gobiernos, tiranías y revoluciones. ¿Qué edad tienes, Santiago? ¿Treinta y dos? Ya me contarás tu progresismo cuando rebases de los cuarenta, si es que yo puedo alcanzar el tiempo de tus desengaños, pues la vida que llevamos los españoles no es para llegar a viejos. Solo los que se pasan el día y la noche politiqueando, como este Milagro, realizan el de vivir mucho, porque con todos comen, y en todas las salsas mojan su mendruguito.

—Pido la palabra. El pelo que ha echado un servidor de ustedes —replicó el aludido— bien a la vista está, y los frutos de mis intrigas pueden calcularse por la opulencia en que vivo... Bromas a un lado, el señor de Ibero nos dirá si podemos dar la guerra por concluida, o si aún nos queda en Cataluña y Aragón algún rabo faccioso que desollar.

—Atrasado está de noticias el amigo Milagro —dijo Maturana, echándole familiarmente mano al cuello—. ¿No sabe la noticia de esta tarde, la retirada de Cabrera después de la paliza que le ha dado León en Berga? Ya no hay guerra, señores; ya no hay más que política, lo que a mí no me parece un grave mal, pues España es un enfermo que no puede vivir sino a fuerza de sangrías... No reírse. La política sola paréceme más mortífera que la política con guerra. La una corrompe, la otra purga... En fin, los que vivan lo verán.

—Se acabó la facción... ¡Viva Espartero!

—No cantemos victoria tan pronto —indicó Bretón guiñando el ojo con malicia—, que en este bendito suelo, el último tiro de una guerra civil es el primero de otra. Ya nos estamos preparando para un pronunciamiento; que nuevas tropas, ¡vive Dios!, no es bien que estén ociosas. ¿Verdad, Santiago, que os pronunciaréis?

Contestó Ibero gravemente que en el ejército del Norte y del Centro nadie pensaba en insurrecciones, a menos que la libertad peligrara. «Ya pareció aquello —manifestó el autor de Marcela, acompañando su dicho con toquecillos de tambor sobre la mesa—. Siempre que queréis sublevaros nos habláis de los peligros que corre la señora Libertad, a la cual yo comparo con la monja pudibunda que preguntó cuándo tocaban a violar. Eso decís ahora vosotros, pillos, demagogos, jacobinos; eso decís: "¡Que violan!". Y os equivocáis, porque nadie ha pensado ni piensa en atropellar la virtud de vuestra diosa. Aquí no viola nadie más que vosotros, los liberales, que cada día os fumáis una ley más o menos virgen.»

—Don Manuel —dijo Milagro, vivamente interesado en la cosa pública—, déjese de bromitas y vamos al grano. Señor de Ibero, si no hace mucho que ha venido usted del Maestrazgo, sabrá qué opiniones privan en el Ejército, si seguiremos con la regencia una o la estableceremos trina...

—Yo no sé nada de eso —replicó el militar—. Allá no pensamos más que en perseguir al enemigo.

—Que nos cuente sus hazañas —propuso el diamantista—, pues más debe interesarnos un poquito de historia, por breve que sea, que todos los chismes masónicos.

—No tengo hazañas que contar —afirmó Ibero, sacando la petaca y ofreciendo puros, que todos aceptaron, menos Bretón—. Mis proezas no han sido más que el cumplimiento de un deber sagrado, sin ninguna función heroica ni cosa que lo valga. Estuve en las acciones de Segura y Castellote, ambas muy reñidas. Me encontré en el sitio de Morella y en los combates que hubimos de dar para posesionarnos de parte del país circundante; pero no presencié la rendición de la plaza ni la fuga de los carlistas, porque tuve que venir a Madrid con una comisión del servicio...

—Comisión de que no nos dirá una palabra, ni nosotros hemos de fastidiarle con preguntas —apuntó Maturana—. Ya sabremos del pronunciamiento cuando oigamos el primer berrido.

En este punto de la conversación, y mientras Ibero denegaba festivamente, riendo y gesticulando, llegó el mozo con la botella de Jerez, brindándoles de parte de los señores de la otra mesa. Un gesto campechano del diamantista y un llamamiento jovial de Milagro produjeron la reunión de dos grupos; mas no cabiendo en una mesa, parte de Milagro y la totalidad del corpacho de Ibraim, ocupaban la inmediata. Una rápida presentación hecha por don José, cantando los nombres, unió a los seis individuos en accidental intimidad. El rumboso don Bruno, que ni a tiros quería soltar el lucido papel de anfitrión, mandó traer vino y puros de a dos reales; rechazó Bretón el exceso de bebida, protestando de su templanza, ya que hacerlo no podía de la de los demás; festejaron Maturana y Milagro la esplendidez del conterráneo de don Quijote, abalanzó su ávida manaza Ibraim hacia los puros, y todos parecían dispuestos a prolongar la placentera reunión hasta hora muy avanzada. Y cuando por la retirada lenta de los parroquianos íbanse quedando solos los seis puntos de la improvisada tertulia, gozosos de poder alborotar un poquito si el cuerpo y los espíritus así lo pedían, dejábase ver Lopresti con mandil y gorro blanco, saludando risueño a los señores con su atiplada mujeril voz. Era en él costumbre salir, terminado el trabajo, a recrearse oyendo las observaciones que sus feligreses le hicieran sobre los platos del día, o las alabanzas de su maestría culinaria. Acercose tímidamente dando las buenas noches, y Milagro, con el sombrero echado atrás, la mirada fulgurante y el labio trémulo, llegose a él y le ofreció una copa, diciéndole: «Ínclito Cayetano, brinda por la libertad, por la regencia trinitaria, por el duque nuestro padre, que a todos nos sacará del Purgatorio... Amén.»

En tanto, interrogado por Carrasco, amplió Maturana las noticias recientes: la reina, después de ser recibida en Lérida por Espartero con todos los honores de rúbrica, continuaba su viaje a Barcelona. Trabose enseguida acalorada discusión de principios, llevando la voz don Santiago Ibero y don Carlos Maturana por las ideas liberal y moderada respectivamente. «Yo no entiendo de política —dijo el militar con sinceridad y convicción—; no sé lo que son partidos, ni para qué existen las logias; pero declaro que creo en la libertad y la tengo por cosa excelente. Antes de haber leído lo mucho y bueno que sobre la libertad han escrito hombres muy sabios, sentía yo en mi alma la fe de esta idea, y con entusiasmo la adoraba. Antes que en mi entendimiento, estuvo en mi corazón el deseo de que los pueblos fuesen libres. Amo a mi Patria tanto como a mi familia y a mí mismo: quiero para ellos los bienes del progreso. Alguno me hablará de los males que ocasiona: yo los reconozco; pero los males son chicos y pasan, los bienes son grandes y quedan. Creo que con libertad, igual para todos, tendremos ilustración, dignidad, riqueza; sin libertad caeremos en la ignorancia, en la pobreza y en la ignominia. Si esto es un disparate, no pierdan el tiempo en demostrármelo, pues no hay razones que destruyan mi idea. Más que convicción clara es esto fe ciega. Yo no discurro: creo. Yo siento; no razono. Así soy, y así pido a Dios que me conserve.»

Murmullo de entusiasmo, en el cual el vocerrón de Ibraim y la voz femenina de Lopresti formaban las notas extremas, acogió las palabras del militar, que a fuer de sencillas y leales casi eran elocuentes. Bretón se levantó, y abrazando a su amigo le dijo: «Te admiro, Santiago... y te compadezco. Adiós, hijo mío. Señores, divertirse. Mi mujer me riñe si entro tarde.»

Maturana reservaba en lo profundo del pensamiento sus opiniones: antes del discursillo de Ibero había reclinado su cabeza, haciendo almohada con los brazos en el respaldo de la silla, y se quedó dormidito, como una criatura a quien padres viciosos obligan a trasnochar.

III

Pasaron días. De nuevo aparecen en la Española comiendo juntos Carrasco y Milagro, y en una mesa próxima Ibero con un señor desconocido. Una y otra vez los parroquianos fundadores se aproximaron con llaneza cordial al caballero alavés, movidos de una simpatía misteriosa. Dígase, para encontrar la explicación de tal sentimiento, que movía sus corazones la confianza en las ideas que Ibero expresaba. El fatigado pretendiente y el viejo cesante buscaban los rayos de un Sol que desde el momento de la aurora, y aun antes de ella, ya calentaba un poquito. Maturana fue alguna vez con su sobrino, y gracias a este supo mantenerse en una templanza que le quitaba todo su mérito de personaje cómico per accidens. Era, en el estado ordinario, un señor apreciabilísimo, de una sensatez ejemplar y desabrida. A Bretón no se le vio más por allí. Ibraim fue una noche con Fonsagrada, al cual se juntaron luego dos sujetos de los llamados del bronce, acompañados de una bulliciosa trinca de mozas alegres... Corrieron más días. El calor arreciaba; Madrid era un páramo ardiente sin agua, sin alegría, sin placeres, ambiente apropiado a la desesperación y a la locura; el Ministerio Pérez de Castro había sufrido nueva metamorfosis, echándose por tercera vez tapas y medias suelas; en el quita y pon de ministros, solo permanecía inmutable don Lorenzo Arrazola, el conciliador sempiterno; tenebrosa confusión reinaba en la cosa pública, y todo anunciaba sucesos inauditos.

Una noche de aquel agosto triste de Madrid, de aquel bochornoso mes casi siempre precursor de tempestades en nuestro calendario histórico, comió Ibero en la Española con un capitán de la Guardia, y hallábanse ya rematando el postre de pasas y almendras, cuando se presentaron Milagro y el manchego, ya bien comidos al parecer, pues el uno traía puro en la boca y el otro palillo, y llegándose a la mesa con aire misterioso, dieron a entender a medias palabras que tenían que tratar con el alavés de un asunto grave y delicadísimo. Para dar mayor solemnidad a su mensaje, Carrasco propuso a Ibero que se dejase llevar al rincón opuesto de la sala, vacío de gente, donde podrían secretear a su gusto. No creyendo bastante reservado aquel sitio, hubiérale llevado Milagro a la cocina, o a lugares más recónditos. Impaciente Ibero, y tomando a broma los aspavientos de sus amigos, que parecían padrinos de duelo o conspiradores de profesión, les incitó a explicarse pronto y con menos arrumacos.

«Calma, señor mío, que ya le enteraremos con todo el sigilo que el caso requiere.»

—En este ángulo, hablando bajito y con disimulo, como si tratáramos, verbigracia, de una cuestión faldamentaria, estaremos bien seguros. El hecho es que...

—Yo, yo... —dijo don Bruno reclamando la primacía.

—El caso es que...

—Déjeme a mí, querido Milagro. Vamos por partes. No nos hagamos un lío. Recordará el señor de Ibero que hace días le hablé de mi sobrino, Modesto Gallo...

—Sí, sí; grande amigo mío.

—Como usted, teniente coronel del Ejército.

—Subtenientes nos conocimos, y desde capitanes hemos peleado juntos, haciendo vida común, compartiendo las penas y alegrías de la guerra, los peligros de siempre, las glorias de algún día.

—Pues bien —dijo Carrasco con una solemnidad que casi era terrorífica—: Modesto ha llegado.

—¿Aquí? ¿Dónde está? Quiero verle —exclamó Santiago con no menos sorpresa que alegría.

—Poco a poco —indicó Milagro, queriendo llevar el espinoso asunto con la pausa que su extrema gravedad requería—. Ha llegado ayer. Le hemos visto esta noche.

—Y al tiempo de saludarnos nos ha preguntado si sabíamos de usted, y dónde podríamos encontrarle.

—Yo también quiero verle, ¡caramba! ¿Dónde está?

—Calma; no perdamos la serenidad.

—Necesita hablar con usted esta noche... ¡ojo!... Esta noche.

—Vamos allá.

—Quieto... No se entere la gente. ¿Ve usted? Ya nos miran.

—Esto es ridículo. Parecemos conspiradores.

—Chitón...

—Prudencia, amigo mío.

—En fin, ¿dónde veré a Modesto? ¿Para en casa de usted o en alguna posada?

—No sabemos dónde mora. Vino a mi casa con la urgencia de que le buscáramos a usted esta noche... Sin falta.

—Tiene usted que verse con él inmediatamente —susurró Milagro en voz tan baja que apenas se le oía.

—¿Pero si no sabemos dónde está, ¡Cristo!, cómo he de verle?

—Silencio. Usted le encontrará solo con dirigirse sigilosamente y sin comunicarse con nadie a donde yo le indique.

—¡Pues acabe usted de explicarme, ajo!...

Adoptando las formas de disimulo más exquisitas, el manchego sacó de su bolsillo un papel, un cartón, la mitad de una tarjeta, y presentándola a su amigo con delicadas afectaciones de naturalidad, le dijo: «Con esto se encaminará el señor don Santiago al sitio propuesto por mi sobrino. Yo le diré la calle, número de la casa y piso... y no hay que perder tiempo, señor mío; despáchese usted... pague la comida, despídase de su amigo, sin darle a conocer este negocio, y vámonos a la calle. Aquí no me atrevo a decirle lo que aún ignora.»

Obedeció Ibero, y una vez los tres en la calle oscura, desembuchó Carrasco lo que del misterioso mensaje aún quedaba en su cuerpo. La casa en que el teniente coronel Gallo citaba a su amigo era un piso segundo en el número 13 del Postigo de San Martín.

«¿Y qué tengo yo que hacer allí? —dijo Santiago perplejo y de mal talante—. Esto me huele a tapujo masónico... Yo no soy masón, para que ustedes lo sepan.»

—Ni yo —iba a decir don Bruno; pero Milagro se apresuró a cortarle la palabra con manifestaciones que, si no revelaban escuetamente las fórmulas rituales del masonismo, eran de la casta más próxima.

—Tampoco nosotros; pero blasonamos de liberales, queremos la felicidad de la patria, y contribuimos en nuestra esfera humilde al triunfo de los buenos.

—Nada, señor de Ibero —declaró con austeridad Carrasco—: cuando mi sobrino le llama a usted a ese punto, es porque se le necesita, es porque... Se le estima útil, indispensable como quien dice. No se trata de un cualquiera: se trata de un bizarro jefe, cuya autoridad puede ser de gran peso... En fin, yo no sé... hablo por corazonadas, pues Modesto nada me ha dicho...

—Como si lo dijera —añadió el cesante—. Podrá ser que si usted no acude a la cita, los acontecimientos sigan un curso... Es un suponer... un curso torcido, distinto del que anhelamos todos. Poco tiene que andar el señor Ibero, pues el Postigo de San Martín lo tenemos aquí propiamente... A dos pasos... Le llevaremos hasta el mismo portal del 13. Conozco la casa, que es la más antigua de la calle, y en ella estuvo la panadería de los frailes allá en los tiempos ominosos.

Ibero se dejó llevar. Si el cariño de su compañero le avivaba el paso, se lo contenía el temor de lo desconocido y la sospecha de que le llevaban a una encerrona para envolverle en alguna maraña política. Recordaba el carácter de Gallo, un chico excelente, intrépido militar, amigo intachable; pero de cascos muy ligeros, así en cuestiones de mujerío como en las que atañen a la vida pública. De una impresionabilidad excesiva, se remontaba fácilmente de los afectos a las pasiones; su fácil palabra y su asimilación más fácil todavía fomentaban en él los entusiasmos bruscos, el ardor sectario; no sabía querer sin violencia, ni profesar opiniones sin llevarlas hasta el delirio. Tal era Modesto Gallo, a quien Ibero reconocía en aquella forma novelesca de darle cita con media tarjeta, con el sigilo teatral del mensaje confiado a dos amigos. Por último, a los temores del alavés se sobrepuso la curiosidad, y cuando se aproximaba con sus conductores al Postigo de San Martín, ya se le hacían largos los minutos para llegar a la solución del enigma.

«¿Será prudente que nos veamos a la salida?» preguntó el honrado manchego, vacilando entre el miedo y la curiosidad.

—¡Sabe Dios —indicó Milagro alardeando de discreción—, si el señor de Ibero podrá contarnos...! No, no: resoluciones tan graves no se comunican ni al cuello de la camisa. Vámonos; no está bien que rondemos la calle.

—¡Oh!, no... ¡Podrían creer que nosotros...! Vámonos de aquí —dijo Carrasco sintiendo frío.

Era el temor de la persecución policiaca, que por primera vez en su vida contristaba su ánimo; y no era solo temor, sino repugnancia y algo que ofendía su dignidad. ¡Verse él, español pacífico y acomodado, padre de familia, señor de ganados y tierras; verse, pensaba, en trotes de persecución, traído y llevado por guindillas inmundos! No: el papel de víctima política, fuera por esta o la otra causa, no cuadraba, no, a su hidalga condición. Amaba la libertad, mas que por propio conocimiento, por lo que de tal señora había oído decir y contar; pero no sentía ganas de martirio por ninguna religión política; solo un gran ideal le movía: el satisfactorio despacho de un triste expediente de Pósitos.

Al despedir al militar, quiso Milagro arrancarle la promesa de que acudiría luego al café del Siglo; mas no consiguió sino una vaga respuesta condicional sobre este punto. Retiráronse viéndole perderse en el lóbrego zaguán, y avanzando silenciosos hacia la plazuela de las Descalzas, Milagro imaginaba trastornos inminentes, a la medida de su loco deseo, y Carrasco sentía, en medio del sofocante calor estacional, ráfagas de frío, el sobresalto de la conciencia, que le afeaba sus concomitancias con gente intrigante y revoltosa. Las sombras de la noche aumentaban su recelo, y agarrándose al brazo de su amigo, aceleró el paso para llegar pronto a la Puerta del Sol, que ya en aquellos tiempos era lo menos oscuro y solitario del viejo Madrid. Para mayor intranquilidad del buen compatriota de Sancho Panza, creyó ver desusado movimiento en la Puerta del Sol, y grupos más compactos que de ordinario frente al Principal. Quiso don José aproximarse y meter sus narices en el gentío; pero el manchego le llevó a empujones diciéndole: «Amigo mío, no olvidemos que somos ciudadanos pacíficos, honrados... quiero decir que no nos metemos en quitar y poner ministros. Allá se las hayan... Adelante: allí, junto al reverbero, parece que leen La España o El Guirigay maldito. ¿Habrá noticias? Ya nos lo dirán en el café. ¿Tendremos libertad? Que la traigan con mil pares; pero nosotros no nos metamos, don José, no nos metamos... Somos gente de orden.»

Subió el buen Santiago al segundo piso de la misteriosa casa; llamó tirando de un sucio cordón; le atisbaron por un ventanillo reforzado con cruz de hierro, y franqueada al fin la puerta, viose ante un hombre escueto que lo mismo podía parecer torero de invierno que sacristán de las cuatro estaciones, el cual, previo examen de la media tarjeta, le introdujo y encerró en una estancia con las paredes cubiertas de imágenes, estampas piadosas y objetos de devoción. Oyendo el intenso murmullo de pláticas muy vivas en próximos aposentos, entretuvo el corto plantón contemplando a la luz de un quinqué pestífero las estampas milagrosas y un retrato de Gregorio XVI con el ropaje bordado en mostacilla, y de pronto se vio sorprendido por su amigote Gallo, que le abrazó con toda la rudeza cariñosa que gastar solía.

«Chiquío —dijo Ibero—, explícame pronto esto. ¿Qué me quieres?»

—Ya te lo diré... Aguarda un poco —replicó Gallo, sintiéndose cohibido, premioso en su sinceridad.

—Siento voces. ¿Qué gente es esa? ¿En dónde estoy?

—Entre amigos... Llamado por mí, no debes temer cosa mala. Esta noche conocerás a un hombre... ¡qué hombre, Santiago! Es el más noble, el más digno, el más caballero... ¡con un talento, chico, con una penetración y conocimiento de las personas, de las cosas...!

—¿Quién es? ¿No puedo saber su nombre antes de verle?

—Ya lo sabrás, sí... Ahora lo sabrás —repuso el otro algo turbado—. Pero empecemos por decirnos tú y yo algunas palabras, pocas... tirémonos, si es necesario, cuatro mordiscos... Somos amigos; debemos confiarnos el uno al otro el estado de nuestros corazones en punto a... Más claro, confesémonos tú y yo lo que pensamos de esta quisicosa que llaman la situación.

—Lo que yo pienso ya lo sabes —afirmó Ibero con severidad.

—No se piensa lo mismo en campaña que en Madrid. Allá pensamos en batirnos, en defender la vida; aquí en buscar la verdad, en defender los principios...

—¡Metafísico estás!... Menos retórica y más franqueza, Modesto. ¿Somos o no somos amigos?

—Amigos hasta morir. Siéntate un momento. Hablaremos como hermanos.

Arrogante y garboso era el tal, y muy bien le caía el nombre de Gallo. Menos que mediana era su estatura; pero no había otro mejor plantado ni que mejor retratara en su continente la bravura indómita y en ciertas ocasiones provocativa. Su encrespado cabello parecía una cresta; sus ojos despedían el fuego de Marte; usaba bigote espeso, largo y caído, imitando el personal estilo de su adorado jefe, Don Diego León. Su voz vibraba en las disputas como clarín guerrero, y acompañábala con gesticulaciones de una energía despótica. Argumentaba cerrado el puño y solidificándolo como una maza de hierro. Empuñaba el argumento como una lanza.

IV

«Tú has venido aquí —dijo Gallo— como uno de los hombres de confianza del general en jefe, para preparar...»

—No hemos preparado nada; no hacemos más que sostener... La misión del ejército es apoyar a la opinión pública y oponerse a los que quieren ir contra ella.

—¡Inocente! Hablas como El Correo Nacional.

—Hablo como hombre de verdad y como soldado de honor.

—No lo dudo, chiquío. Pero niego que seas tú el único que interprete lo que llamamos la opinión. No constando en ninguna parte de una manera clara lo que la Nación siente y desea, todos usamos el derecho de ser sus intérpretes; y yo, que también tengo mi criterio y aunque bruto, ¡ajo!, sé formar juicio de las cosas, sostengo que el país no quiere la preponderancia de don Baldomero, ni ve con buenos ojos que se pretenda rebajar la dignidad de doña María Cristina, tratándola como a una mala patrona.

—Veo, querido Gallo —dijo Ibero levantándose—, que no estamos ya juntos frente a un enemigo común: estamos el uno frente al otro, cada cual en su terreno. Somos dos amigos... Enemigos. Apenas sofocada una guerra civil, inventamos otra para nuestro uso particular.

—De los capitanes afortunados nacen los grandes ambiciosos, digo yo. Ahí tienes la peor calamidad de las guerras, que nunca son tan malas y desastrosas como cuando concluyen.

—En suma, querido amigo, creo que ya hemos hablado bastante. Confieso mi error. Yo creí que todos los generales formados a la sombra de Espartero apoyaban la Causa liberal en contra de la camarilla moderada.

—Algunos hay para quienes no existe más causa que la de la reina, cuyo nombre está escrito en nuestras banderas y en nuestros corazones... Corazones muy brutos, ¡ajo!, pero muy leales.

—Háblame con franqueza. ¿Es León el único que resueltamente está contra Espartero?

—No: hay más. Pasa revista en tu memoria a la plana mayor de nuestro ejército. Fíjate en lo más brillante, en lo más ilustre, en lo más inteligente. Entre esos, elige lo mejor de lo mejor. Resultará que todo lo bueno está contra el ídolo.

—¡Ay, amigo mío! —dijo Ibero con profunda tristeza—. Convéncete de que has dado un golpe en vago llamándome, y déjame salir de aquí. Estoy violento, y de seguro te estorbo.

Hizo ademán de retirarse, y el otro le retuvo estrechándole afectuosamente las manos. En el mismo instante oyéronse voces y ruido de pasos. Alguien entraba o salía.

«Aguárdate —indicó Gallo, bajando la voz—, deja que salgan esos. Aún tenemos algo que hablar...»

—La reunión concluye —dijo Ibero, poniendo atención a los ruidos de voces y pasos que indicaban la salida cautelosa de un número de personas difícil de apreciar por el oído—. Tienes razón: algo falta que decir. Lo que ha pasado esta noche entre nosotros, y lo que no ha pasado, todo, todo, quedará en el mayor secreto.

—Naturalmente. He contado con Santiago Ibero ¡re-Diós!, que es contar con la decencia misma, con la caballerosidad.

—¿Puedo ya tomar la puerta, chiquío?

—No. Abuso de tu amistad reteniéndote un poquito más. Has formado mala idea de mí, y quiero rehabilitarme en tu concepto. No quiero que quedes bajo la mala impresión de la tosquedad con que yo expreso mis ideas: quiero que estas lleguen a ti por boca mejor que la mía, por la persona de que antes te hablé... No: no te dejo ir sin que le veas. Dame ese gusto, hombre... No te hagas el interesante. Ya no hay en esto compromiso alguno, ni aquí se trata de conspiración, ¡ajo!, ni de narices. Somos dos amigos que oyen la palabra hermosa de un tercer amigo, y así le llamo porque sé que te cautivará. No tengas ningún recelo, ¡contro! Repito que no hay en ello compromiso...

—Por agradable que sea hablar con hombres tan eminentes, yo creo que debo retirarme.

—Aguarda un momento. Pues nada tenemos que hacer aquí, ni se ha de resolver cosa alguna, quizás salgamos juntos los tres. Aguarda te digo, no más que dos minutos.

Sin dar tiempo a que Ibero hiciese nuevas observaciones, salió Gallo, y a los pocos instantes volvió acompañado de un sujeto, a quien presentó en forma solemne: «don Manuel Montes de Oca, ex-ministro de la Corona.»

La primera impresión de Ibero fue de disgusto, como de quien se ve objeto de una emboscada. Permanecieron los tres un instante mudos, esperando cada cual que uno de los otros dos dijese la primera palabra. En este breve lapso de tiempo, el enojo de Ibero se dulcificó ante la fisonomía grave, dulce y melancólica del joven gaditano, a quien conocía por su nombre, un poco altisonante, y por su fama de caballerosidad. Habíasele imaginado viejo, adusto y con cara de pocos amigos; y viendo su juventud, su hermosura, su expresión soñadora y romántica, sus azules ojos, que antes revelaban las tristezas del poeta que las energías del sectario, reconoció que nuestra existencia no es más que un tejido de errores, y que gran parte del tiempo que vivimos lo empleamos en la necesaria rectificación de juicios y creencias.

«No sé cómo pedir a usted perdón —dijo Montes de Oca a punto que los tres se sentaban— por haberle traído a una reunión, cuyo objeto, momentos antes de llegar usted, dábamos ya por fracasado. Ha sido usted muy oportuno en llegar tarde, y así no hay para nadie ni sombra de compromiso.

Con media palabra me ha dicho Gallo que no habríamos podido contar con usted. Más vale así, ya que nada hemos hecho ni podremos hacer por ahora. Ello es muy triste; pero de una realidad que a todos se impone.»

—Llegando tarde es menos violenta para mí la negativa que yo habría dado a los que, por lo visto, se reunían para defender una causa perdida.

—Por el momento quizás —dijo Gallo—. Luego veremos.

—En política —afirmó Montes de Oca acentuando su expresión de tristeza—, el momento presente es lo que más importa. Al intentar dar una batalla nos hemos encontrado sin fuerzas y, lo que es peor, sin terreno. Usted, señor de Ibero, piensa que somos locos, y en ello tiene mucha razón... Pero no: el único loco soy yo, y las personas a quienes he querido hacer partícipes de mi delirio han tenido el buen acuerdo de dejarme solo. Respetando las ideas de usted, y en la esperanza de que usted, como hombre leal, respetará las mías, yo me permito emplazarle para dentro de un año, de dos... Entonces veremos dónde está la sinrazón y dónde la cordura.

—Las convicciones arraigadas, señor mío, aunque sean erróneas, merecen siempre respeto. Reconociendo que el proceder de usted en este asunto es obra de una alucinación, celebro infinito que mis compañeros no hayan querido o no se hayan atrevido a secundarle.

—El tiempo hará lo que yo no he podido hacer. Quizás es conveniente que el mal madure y crezca, para destruirlo más pronto y desarraigarlo. En los momentos críticos de la vida de los pueblos, no es fácil saber dónde está la alucinación y dónde la claridad del juicio. Alucinan los triunfos repentinos, no la desgracia; la usurpación puede ser un delirio; el derecho no lo es. Y en cuanto a la nobleza de los móviles, yo le invito a usted a que haga un paralelo, una comparación entre los que defienden la fuerza material y los que patrocinamos la espiritual. Dígame usted qué cree más digno y noble: si alentar el poder ciego de las armas, o apoyar la ley representada en lo más augusto, que es la Monarquía; en lo más hermoso, que es la mujer; en lo más sagrado, que es la infancia.

—Señor de Montes de Oca, usted es elocuente; yo, pobre soldado, no sé más que sentir. Siento las ideas... No sé si digo un disparate. En mi corazón, en mi cabeza dura, las junto con el honor, con el deber militar, con la idolatría de mis jefes, bajo cuyas órdenes he derramado mi sangre; las junto también con el amor de mi querida Patria, de la libertad, a quien adoro sin saber por qué... y con todas estas cosas hago un solo sentimiento, que es mi vida. Así soy, y así me encontrará usted siempre. Conmigo no podrá usted ganar batallas, y yo haré cuanto pueda para que las pierda.

—Dejemos para lo futuro las lecciones que podamos recibir el uno del otro —dijo Montes de Oca—. Por hoy, ya que entre los dos no resulte amistad, separémonos como caballeros que somos. Me reconozco vencido antes de combatir. No abusen ustedes de su poder antes de ser vencedores. Declaro que si yo tuviera fuerza material, impediría la usurpación que se prepara. Entre los defensores de ella hay muchos que la creen odiosa, brutal; pero no se atreven a combatirla. Yo me atreveré, por poco que me secunden, y espero que mi ejemplo traerá prosélitos a esta santa causa. Prepárese usted, y los que como usted piensan, a las audacias de un enemigo terrible: ese soy yo, se lo advierto desde ahora para que sean implacables conmigo, como yo lo seré con ustedes. De seguro verán en mí una actitud quijotesca, una pasión que por querer remontarse a lo heroico, resulta ridícula. No me importa: está en mi naturaleza el acometer las empresas grandes que casi parecen imposibles, y no porque lo sean me acobardan a mí... En la expresión de su cara, oyéndome, veo que mis arrogancias no le asustan ni le enfadan.

—En efecto —replicó Ibero—: me agrada su tesón y lo admiro.

—No, no puede considerarse perdida —afirmó Gallo con cierta brutalidad de gesto y de palabra— una causa que tales leones cría.

Levantose Montes de Oca, y después de dar algunos pasos por la estancia detúvose ante los militares y les dijo: «Lo que ahora tememos algunos, lo que ustedes preparan, lo que unos amigos de Espartero niegan con hipocresía y otros anuncian con insolencia, será un hecho dentro de veinte, treinta o más días... qué sé yo cuándo. ¿Y este atentado se consumará sin que en el ejército español, donde hay tantos hombres de honor, se desenvaine una sola espada para impedirlo...? Usted lo cree así... yo no, yo no puedo creerlo... Si lo creyera, maldeciría a mi Patria...»

Honda impresión hicieron en el alavés estas palabras, a las que no pudo contestar sino con otras torpes y balbucientes. Era un rudo soldado incapaz de filosofar sobre cosas públicas, un monomaniaco del patriotismo, que no entendía bien las razones contrarias a la breve fórmula de su demencia. Ello no impidió que sintiera misteriosa simpatía por el gaditano, viendo en él un desdichado caballero que se prendaba de los imposibles y a pelear se disponía, solo y triste, por una idea rancia y sin lucimiento... ideas de capa y espada, cosas de la edad media, o de cualquiera edad donde no había progreso.

La despedida fue breve. Ibero le estrechó la mano, sintiendo, y así lo dijo, no ser su amigo. El otro se fue delante, dejando tras sí un suspiro, y hasta que no le sintieron en el tramo más bajo de la escalera, no se determinaron los militares a salir, para dejar entre ellos y el paisano un largo espacio de calle. Descendieron silenciosos, lentamente, y en la calle no vieron más que media docena de vecinos que huyendo del calor de las habitaciones, hacían su tertulia en las aceras, mientras los chicos jugaban en el arroyo. De los portales y cuartos bajos salía un olor de humanidad comprimida que destapa sus madrigueras para no ahogarse.

«Estáis locos» fue lo único que Ibero dijo a su amigo, aproximándose a las Descalzas.

—Es verdad —replicó el otro, sacando con dificultad las palabras del cuerpo—. Locura es pelear uno contra veinte. Que triunfen, y solo con el hecho de triunfar, nos ponen en la proporción de veinte contra uno... ¿Qué es lo que ahora pasa? Que no hay oposición. Pero en España la oposición se forma en cuatro días después del éxito. Nace como la mala hierba, y crece como la espuma. Verás, verás... Yo lo he dicho: para poder apedrear bien a un ídolo hay que ponerlo arriba... Arriba, y bien alto, para que no se pierda ni una china, ¡ajo! Di que estamos locos. Los locos son ellos, y tú, Santiago, tú...

V

Al día siguiente de este suceso recibió Ibero orden de partir para Valencia, conduciendo cuatro compañías de Borbón y dos de San Fernando. Las únicas personas que de política le hablaron el día de su partida fueron los inseparables Milagro y don Bruno, sin que ninguno de los dos obtuviera de él ninguna referencia de la misteriosa reunión del Postigo de San Martín. Medroso, turbado por la visión continua de graves disturbios, el manchego se mostraba pesimista, con más ganas de volver al terruño que de continuar en Madrid su inútil via-crucis de oficina en oficina. En cambio, don José soñaba despierto con una revolución pacífica y absolutamente limpia de sangre, que nos trajera la justicia y el reinado de la honradez; jarana filosófica, ante la cual habrían de prosternarse todos, reconociéndola buena, eficaz y definitiva, como principio de una era de perdurable ventura. «Este país se gobierna con una hebra de seda, señores —decía con tenaz convencimiento, que parecía fe religiosa—. Y lo que es una revolución pacífica, que resuelva de una vez todas las cuestiones, no ha de faltarnos. Yo, yo me comprometo a ello solo con que me dejen tres días de Gaceta. Nada, nada: es cosa sencillísima... Tres días de Gaceta me bastan, y si me apuran, dos... Soy sastre viejo, conozco el paño. Pero, Señor, ¿no es principio de los principios la voluntad nacional? Pues teniendo esta bien manifiesta, basta con un cúmplase. Que se cumpla, y todo el mundo boca abajo. Y no me salgan los moderados con la tecla de que la santísima voluntad de los españoles no es clara como el agua. España clama libertad con justicia, y honradez en todas las esferas, y al pedirlo señala con el dedo bien tieso quién puede darnos el bien que no gozamos. ¿Lo quieren más claro? Pues para claridades, ahí tienen lo que ocurrió al paso de la reina por Zaragoza. El pueblo aclamó con mayor estruendo a la señora duquesa de la Victoria que a la propia doña María Cristina. ¿Y eso? Pues a cada instante vemos demostraciones no menos elocuentes de la voluntad de la Nación... Yo gobernante, ustedes gobernantes, ¿qué haríamos? Decir cúmplase... y cumplir... Ya ven a qué sencilla fórmula se reduce todo mi sistema. ¡Cumplir, cumplimiento! Y no más trapisondas, no más discusiones, no más derramamiento de sangre... Declaro que no soy partidario de la violencia, ni de los tumultos, ni de que se haga uso de las armas... No se ofenda usted, querido Ibero, si le digo que a todos los militares, en tiempo de paz, les mandaría yo a sus casas, quedándose solo una corta fuerza para contener a los malhechores... ¿Para qué necesitamos tanta tropa una vez que todo quede establecido en regla? Para nada. Más bien servirán ustedes de estorbo que de ayuda... Y luego, un gasto fabuloso, inútil, mi querido don Santiago. Yo emplearía las tres cuartas partes del presupuesto de guerra en fomentar la riqueza pública, y por cada fusil que suprimiera plantaría un árbol, y en vez de regimientos, pondría Sociedades de Amigos del País, y los cuarteles se convertirían en Universidades, y las banderas servirían para adornar las imágenes en nuestros templos... En fin, poca fuerza y mucha ilustración. Que me dejen la Gaceta, y verán qué pronto...»

Hubiera seguido desarrollando con fácil vena sus proyectos, producto inagotable de su reciente desvarío político, si el buen Ibero, que comúnmente se interesaba poco en la aplicación de los principios, por serle más grata la contemplación mental de los mismos en abstracto, no acelerase la despedida. Deseáronle los dos amigos, y otros que a la sazón llegaron, un viaje feliz, y partió a la cabeza de las seis compañías. Era un anochecer caluroso. Para no fatigar inútilmente a sus soldados, Ibero dispuso aumentar las jornadas nocturnas, abreviando las caminatas durante el día. No podría imaginarse peor tiempo de viaje, siquiera este fuese de tropa, que en toda ocasión debe y sabe ir a donde la llevan. Los caminos eran polvo, el aire fuego; del Sol diríase que arrojaba la luz a torrentes y con ella el polvo, y del suelo, que ensuciaba y resplandecía. Y al través de aquel territorio arábigo, seco y ardiente, que media entre las puertas de Madrid y las riberas del Jarama, los soldados iban locos de alegría; el calor y la sequedad eran su elemento; ni el peligro ni el temor de guerra podían inquietarles; no aguardaban ni perseguían a un enemigo fiero; no les faltaban alimentos, ni agua, ni obsequios de vino; era su viaje un paseo triunfal por los pueblos feos tras de los cuales vendrían pueblos bonitos, y en todos ellos encontraban muchachas de distintos pelajes a quienes embromar. El contento de la tropa, soltando chispas a lo largo del árido camino, iba prendiendo fuego y levantando llamas de alegría: para los pueblos era una dicha el paso de la tropa, y esta no deseaba sino que España fuese del tamaño de todo el mundo para que la marcha no tuviese fin. ¿Qué más podía desear el soldado sino que le pasearan por el mapa, viviendo y gozando sin funciones de guerra? Vida más deliciosa no podrían soñar los pobres hijos del terruño español, destinados poco antes a matarse despiadadamente. Hermosa era la paz, y grande entre los más grandes el que la había traído...

En medio de la infantil alegría de su tropa, Ibero iba triste, agobiado por el calor. Recorría largas distancias sin hablar con los compañeros que le rodeaban más que lo necesario para los actos del servicio. Como don Quijote en sus horas de melancolía soñolienta, dejaba tomar al caballo el paso que quisiese, y contemplaba las vagas líneas del horizonte, o las nubes, si por acaso las había en el cielo, o las ondas de polvo que el viento llevaba consigo, arreándolas como a una recua de fantasmas. No se crea que el militar adormecía su entendimiento en un éxtasis de cosas políticas, discurriendo si tendríamos mayor o menor grado de libertad. Esto le interesaba, le había interesado en los tiempos de la campaña activa; mas desde los meses que precedieron al abrazo de Vergara, Ibero había sufrido la brusca invasión de una enfermedad del espíritu muy propia de sus años viriles, la cual por venir algo tardía entró con más fuerza, cogiéndole de un extremo a otro todo el campo de la naturaleza física y moral, sin que quedase parte alguna que no estuviese afectada por tan grave dolencia. Que esta era el amor, fácilmente se comprende; un amor como los que se estilaban en aquella época: abrasador, exclusivo, con tendencias lloronas y funerarias, sabores de amargura y relámpagos de lirismo.

La historia era de las más comunes. Apenas conocía Santiago el amor más que por inclinaciones o caprichos insustanciales, cuando se prendó de una señorita de La Guardia, a quien había conocido en la niñez y en la juventud florida de ella, sin que jamás se le ocurriera que viniese a ser la dama de sus pensamientos. Ello fue repentino, obra de un par de tardes apacibles; se inició en una fiesta popular; siguió desarrollándose en un paseo junto a la iglesia, después en un refresco que dio el cura párroco al señorío principal de la villa; y para determinar el incendio de la grande alma de Ibero, no hubo más combustible que unas palabritas de simpatía disimulada con donosas burlas; después otras de él que debieron de ser de lo más atrevido dentro del comedimiento social, y luego... un par de cartas muy respetuosas con las indispensables fórmulas de rendimiento y ternura. Obtuvieron estas una cortés acogida, que ya significaba mucho en la condición de la niña, y a tal demostración siguieron bromas delicadas que encerraban veras muy dulces; en sucesivas entrevistas se marcó el gusto que recibía la señorita de verse amada por un joven tan gallardo como Ibero y de tan honrosos adelantos en la carrera militar; mas no queriendo entregar su alma sin la preparación y trámites que pide la decencia, echó por delante risueñas esperanzas, con las cuales el hombre se tuvo por amante dichoso. Pero ¡ay!, en cuanto le alejó de La Guardia la dura obligación militar, ya no fue vida su vida, sino un martirio continuado, pues lo mismo le atormentaban sus alegrías delirantes que sus lúgubres tristezas. Un correo amoroso, enviado y recibido de tarde en tarde, sostenía su pasión en el punto de mayor ardimiento. Cartas recibió en Miranda, en Morella, en Madrid, y cartas expidió desde aquellos y otros puntos. No queriendo dudar, dudaba; la niña, fuese por estudio, fuese porque así lo dictaba la realidad, a lo mejor salía proponiendo ruptura. ¿En qué se fundaba? En razones de familia muy atendibles que no podían exponerse por cartas; en repentinas veleidades de vocación religiosa, que despertaban en Ibero furiosos celos de Jesucristo... Ello es que el hombre no vivía, y sus inquietudes subían de punto con la idea mortificante de no ser grato a la familia, que si le apreciaba como a un joven de mérito, de honrada progenie y buen acomodo, quizás no le creía digno de poseer un bien tan grande como la niña de Castro Amézaga, noble por los cuatro costados y poseedora de un rico patrimonio. En el aburrimiento y soledad de aquel viaje a Valencia, sus temores y tristezas se resumían en el propósito de dirigir una expresiva carta al señor de Navarridas no bien llegara al término de su caminata. Urgía despejar la terrible incógnita. Pensando en ello, ocupada la mente noche y día por la linda imagen de su dama, iba el hombre tragando leguas, bebiendo polvo, espaciando la vista por las llanuras abrasadoras o distrayéndola en los cerros piníferos; cumpliendo como una máquina sus deberes militares, sin más gusto que el de tolerar a los soldados todos los esparcimientos que no fueran escandalosa violación de la disciplina.

Nada ocurría en el cansado viaje que alterara la desazón tediosa del alma de Ibero. ¡Si al menos hubiera guerra, enemigos que combatir, ocasiones de exponer la vida y de ganar nuevos laureles! ¡Acabarse la guerra cuando él se hallaba casi a las puertas del generalato! La faja hubiera sido un título ante el cual los Navarridas no podrían mostrarse inflexibles... Pero ya no había que pensar en nuevas campañas, pues Espartero había asegurado la paz por mucho tiempo. ¡Qué cosas trae la vida, Señor! ¡Él, Santiago Ibero, que había peleado sin ambición, movido tan solo del ardiente amor de la libertad, y del gusto de afianzarla con las armas, apenas terminada la lucha sentía en su alma el gusanillo, la avidez de más altos títulos y empleos para deslumbrar con ellos a una noble familia! Y no era él hombre para despreciar la paz, ni haría cosa alguna que contribuyese a renovar los pasados horrores.

Su conciencia antes que todo. Si no le daban la niña de Castro, no podría vivir. La muerte sería la solución, un morir no menos glorioso que el de los campos de batalla, pues lo mismo daba caer a los pies de Cupido que a los pies de Marte, que tan dios era Juan como Pedro.

Por efecto del calor y del cansancio que le quitaban el apetito, al pasar las Cabrillas iba el hombre tan espiritado, que el caballo, si en ello pensara, habría podido darse cuenta de una notable disminución en el peso de su jinete y señor. Ya en el llano de Valencia, donde los soldados se entregaban a locas alegrías, convidados de la dulzura del clima y de las abundancias de aquella tierra, Ibero se sintió invadido por tristezas más crueles, que se le agarraron al hígado, al corazón, y luego despedían negros vapores hacia la cabeza. Marchando en las serenas noches, se complacía en ver espectros, que surgían a uno y otro lado del camino, y pausadamente se alejaban ante el regimiento, mirando hacia atrás con fúnebres ojos. No eran, no, las nubes de polvo que levantaba el viento, eran ilusorios o verdaderos fantasmas, seres de otro mundo, que venían a penar en este y en el propio lugar donde fueron despojados de su carnal vestidura; eran las sombras de los infelices españoles brutalmente fusilados en los mataderos de Utiel, Chiva y Burjasot. De un suelo harto de sangre se evaporaban los trágicos horrores de la guerra para turbar los días serenos y las noches plácidas de la paz. Fuese porque estas imaginaciones le trastornaran, fuese porque al pasar bruscamente del achicharradero de la meseta central a las humedades ribereñas contrajera algo de paludismo, ello es que entró en Valencia con escalofríos y sed insana. El físico le recomendó descanso y pócimas; mas no hizo caso, atendiendo solo, antes que a su salud, a buscar en el correo, o en la Capitanía general, las cartitas de La Guardia. Contaba con ellas como con la salida y puesta del Sol a la hora marcada por los almanaques. Pero los divinos papeles ¡ay!, o no habían llegado, o andaban perdidos en los laberintos de la ciudad, quizás en manos de personas extrañas que los profanaban leyéndolos. ¡Qué abominación! Horrenda catástrofe era que se perdiesen, y crimen nefando que los violara la curiosidad. Lo primero merecía una revolución; lo segundo, un cruel castigo... Fusilar sin piedad a todo español que desflorase una carta.

VI

La enfermedad de Ibero no fue grave ni larga, y aún habría durado menos si llegaran las deseadas epístolas. En cambio de esta soledad del corazón, veíase mentalmente asaltado de continuas impresiones, pues los amigos le llevaban todo el fárrago de noticias que diariamente llegaban de Barcelona y de Madrid. El capitán don Jacinto Araoz, que amaba a su superior como a un hermano, le ponía en autos de las graves ocurrencias, refiriéndolas con el calor que todo español pone en las cosas del procomún, principalmente cuando no le afectan ni mucho ni poco. En Barcelona, archivo de la cortesía según Cervantes, arca del liberalismo según los modernos, había estallado un motín. Decían los enemigos de Espartero que la trifulca era obra de Linaje. ¿Qué querían los revoltosos? Pedían, a juzgar por sus gritos, cosas muy buenas. ¡El duque, la Constitución, nuevo Gobierno! La reina y el general no se habían entendido en la formación del Ministerio ni en el programa de este, pues de un lado tiraban a que la nueva ley de Ayuntamientos, violación de un principio constitucional, fuese sancionada, y de otro a que no lo fuera. Don Baldomero se atufaba y anunciaba la dimisión de todos sus cargos; la reina no sabía de qué lado volverse, pues los hombres civiles de valía no eran la fruta más abundante en el país. Todos resultaban enanos, medrosos, obedientes a la espada o bastón de quien había sabido mantener el uso exclusivo de estos emblemas de autoridad... El motín fue escandaloso, repugnante: ni los amotinados sabían hacer revoluciones, ni las autoridades el arte y modo de contenerlas. Ocurrieron desmanes vergonzosos, actos de estúpida crueldad; moderados y liberales se injuriaban o se agredían en medio de las calles. Ante los balcones de la residencia del duque vociferaban los unos, y ante el carruaje de la reina los otros hacían demostraciones ridículas. Hubo no pocas víctimas, algunas gloriosas; rasgos personales de caballeresca audacia, que contrastaban con el salvajismo de la soez multitud. Terminó al fin la jarana con prisiones y bandos, y el indispensable cambio de personas en los primeros cargos militar y civil.

Por variar, el mismo 18 de julio estallaba en Madrid otro motín, y los pobres ministros no sabían a qué santo encomendarse. Todo lo arreglaban dimitiendo; con delicadezas y remilgos querían gobernar un país revuelto y desquiciado. Felizmente, la Milicia de Madrid supo cumplir, y todo se redujo a los himnos y vociferaciones de costumbre en calles y plazuelas, a los atropellos de gente pacífica por gente desalmada. Libertad pedían los revoltosos, y en nombre de este ideal acometían a las mujeres que llevaban galgas, o a los hombres que por su traza elegante ¡oh contradicción!, parecían enemigos del progreso. La tropa permaneció fiel a la disciplina; los ministros, pasado el peligro, acordaron que se cantara un solemne Te Deum para celebrar la paz. ¡Bonita paz nos daba Dios!... Lo más grave de todo, según el bueno de Araoz, era que Inglaterra y Francia, las dos potencias más poderosas y camorristas del mundo, tomaban partido en nuestras discordias, declarándose los ingleses por la libertad y Luis Felipe por la moderación. «Era lo que nos faltaba —decía el ingenioso capitán—: que las naciones extranjeras vinieran a enzarzarnos más de lo que estamos. ¡Vaya una paz que hemos traído, chico! Ya voy viendo que la mejor de las paces es la guerra, y que nunca están los españoles tan sosegados y contentos como cuando les encharcamos con sangre el suelo que pisan. Preparémonos para otra campaña, querido Santiago, la cual no veo clara todavía, pues no sé quiénes serán ellos ni quiénes seremos nosotros; pero entre media España y la otra media andará el juego. A prepararse digo, que aquí la paz es imposible, y si me apuran, desastrosa, porque el español ha nacido eminentemente peleón, y cuando no sale guerra natural, la inventa, digo que se distrae y da gusto al dedo con las guerras artificiales.»

Poco interés ponía Ibero en estas cosas, pues para él guerra y paz, progreso y oscurantismo, se borraban en su mente ante el inmenso problema de que llegara o no la deseada carta. Corrieron días, y al anuncio de que la reina saldría de Barcelona para Valencia, comenzaron atropelladamente los preparativos para la recepción. Llegó Su Majestad por mar, en un vapor mercante, y desde que fue avistado por el vigía, acudieron las tropas a formar en el Grao. Agregado a la sazón Ibero al Estado mayor, debía escoltar a la reina hasta su alojamiento, que era el suntuoso palacio de Cervellón. Desde muy temprano se agolpaba la multitud en el puerto. Desembarcó la gobernadora, y las primeras aclamaciones con que fue recibida al poner el pie en tierra no revelaron un delirante entusiasmo popular. Ibero la vio en el momento en que al coche subía, oído el breve saludo de las autoridades, y quedó encantado de la gentil presencia de Cristina y de la incomparable gracia de su rostro. El mirar dulce, las lindas facciones, los hoyuelos que al sonreír se le hacían a uno y otro lado de la boca, le fascinaron. No había visto jamás mujer tan bonita, con excepción de una, de una sola, que por soberanía de amor no podía tener semejante. Y lo más extraño fue que entre aquella, la suya, y María Cristina encontraba misterioso parecido. No eran iguales el color del cabello ni el corte de la frente; pero la boca y singularmente los hoyuelos decían: «aquí estamos todos.» Con tal semejanza y la impresión que hizo en él la reina, cuya imagen llevó estampada en la mente mientras duró el trayecto del Grao al centro de la ciudad, tuvieron gran alivio las melancolías del buen alavés; casi estaba contento; veía rosados y luminosos los horizontes de la vida, que horas antes se le presentaban negros, y se sentía menos desconfiado y pesimista.

En el tránsito de las Personas Reales, las manifestaciones del pueblo resonaron débiles y frías. Habría querido Ibero más calor, más entusiasmo, que bien lo merecían los peregrinos hoyuelos y la seductora expresión de aquella sonrisa. ¿Qué importaba la insana preferencia de la gobernadora por los moderados, si encantaba al mundo con su gracia hechicera...? Nuevamente vio el alavés a Su Majestad al parar el coche para recibir a las muchachas que le ofrecieron ramos, y mayor fue entonces su admiración de tanta belleza, y más vivo el sentimiento plácido que invadía su alma, algo como confianza en lo futuro y retoños de esperanza. Un cuarto hora después de la entrada de la reina en Palacio, y hallándose Santiago en el cuerpo de guardia, se le acercó presuroso su asistente, y con voces de alegría confianzuda le dijo: «Mi teniente coronel, ¡dos cartas, dos! Ahora mismo llegaron por el correo... Ahí las tiene. Y que no abultan poco.»

Cogió las cartas Santiago, quedándose un rato como si no viviera en este mundo, y las guardó en el pecho para leerlas en la primera ocasión. Como una tarabilla continuó charlando con sus compañeros, a quienes no pudo ocultar la alegría que inundaba su alma. Todas las cosas tomaron risueño color a sus ojos: la oficialidad era más diligente en el servicio; los soldados ganaban en marcialidad y compostura; los generales estaban ya de acuerdo para dar patriótica solución a las graves cuestiones; los políticos de clase civil deponían su ambición y sacrificaban al interés público todo interés personal. ¡Y la reina!... ¡oh!, ¡la reina!... Al retirarse a su alojamiento, metiéndose la mano en el pecho para acariciar lo que pronto había de leer, se decía: «Esa mujer divina es quien os ha traído, adoradas cartas... Me parece poco llamarla reina: es un ángel, una diosa...»

Las cartas no decían nada y lo decían todo. Traían las mismas dulzuras de otras, y las propias esperanzas. No fijaban el porvenir de un modo concreto, y esquivaban la cuestión capital; referían con gracia encantadora mil cosas de familia, y en medio de estas intimidades dejaban entrever el obstáculo que era la mayor tristeza del valiente militar. Luego expresaban el gozo de que hubiese terminado la guerra, y entonaban un himno a la paz. De la paz resultaría mucho bien, así a los grandes como a los pequeños. No bien las hubo leído Santiago, le asaltó el formidable tumulto de ideas para la respuesta; había tanto que decir, que difícilmente podría decirlo todo.

Días después, habiendo tomado el mando de Borbón (17 de línea), entró de guardia, y Su Majestad le convidó a comer. En su vida se había visto en trances de tanta etiqueta. El honor de la invitación le vanagloriaba, y el miedo de hacer un papel desairado le afligía; mas se tranquilizó pensando que para salir del paso bastábale su buena educación castiza, sus hábitos de caballero y militar. No necesitaba, pues, experiencias cortesanas, pues al soldado de temple no se la había de exigir un conocimiento prolijo de la vida social. Durante la comida, y en la breve recepción que la siguió, Su Majestad estuvo con todos amabilísima, y a cada cual supo decir un concepto grato. Distinguió a Ibero, consagrándole algunas palabritas más de lo que acostumbraba, y ellas fueron tales que el agraciado no pudo olvidarlas en mucho tiempo.

«señor de Ibero —se dignó decir la reina—, se cuenta por ahí que anda usted terriblemente enamorado. Aunque me consta lo que usted vale, temo que una pasión tan fuerte le distraiga del servicio...»

—¡Señora!... —murmuró Ibero en el colmo de la turbación, trémulo como un niño, viendo de cerca los lindísimos hoyuelos que daban infinita gracia a la boca de Su Majestad—. Señora... yo... Digo que el servicio de mi patria y de mi reina es antes que todo.

—Si lo sé... Mientras más enamorados, más caballeros y mejores servidores de estas pobrecitas reinas. Y qué, ¿no se piensa ya en casorio? No descuidarse, señor de Ibero. Ya, ya sé... Me lo ha dicho Jacinta... Una huérfana, mayorazga. Son dos hermanas.

—Las dos de muchísimo mérito.

—Todo se arreglará. Cree Jacinta que todo irá por buen camino...

—La señora duquesa de la Victoria —dijo Ibero, arrancándose con una audacia de pretendiente— podría interesar en mi favor a la familia de... A los señores de...

Bruscamente cambió de asunto Su Majestad, como herida de un recuerdo vago que anhelaba precisar.

«Me parece —dijo—; no estoy bien segura... paréceme que en la lista de ascensos a coronel que me han presentado ayer está el nombre de Ibero.»

—Bien puede ser, señora —replicó el militar—: sé que el señor duque me había propuesto.

—¡Coronel!... Lo habrá usted ganado bien.

—Deberé mi ascenso, más que a méritos míos, a la munificencia de Vuestra Majestad.

—Subir un escalón más en la milicia es cosa muy buena para los enamorados que desean casarse, pues cuanto más suben, más fácilmente ven a sus novias.

Oyó esto Ibero como un rumor lejano, pues atraían y fijaban toda su atención los hoyuelos jugando en derredor de la regia boca. Distrájose Cristina recibiendo el saludo del general don Leopoldo O'Donnell y del regidor don José Félix Monge, que entraron en aquel momento; cambió con ellos algunas palabras; volvió luego junto a Ibero, o más bien frente a él, y por despedida le dijo: «Señor teniente coronel, ¿a quién quiere usted que hable: al ministro de la Guerra o a Jacinta?»

—A los dos, señora —replicó Ibero con una espontaneidad que al poco rato turbó gravemente su conciencia.

Al retirarse no tenía consuelo, y furioso consigo mismo se echaba en cara la grosería de aquella respuesta. «¡Qué gaznápiro me hizo Dios! —se decía—. Debí contestar de una manera fina, con gracia y modestia, no a lo bruto...

¡En qué estaba yo pensando! Di una respuesta egoísta, ambiciosa... una respuesta moderada.»

VII

Viviendo en sus soledades, sin dejar de atender con mecánica regularidad a su militar obligación, nada le importaban a Ibero los acontecimientos políticos, y las noticias del motín de 1.º de septiembre en Madrid le afectaron muy poco. El movimiento no fue iniciado por la plebe ni por los militares. El Ayuntamiento rompió plaza, declarando su propósito de no cumplir la Ley Municipal y poniéndose en frente del Estado. Era una nueva forma de revolución, a lo pacífico, como la preconizaba el buen Milagro, y ello debía de estar bien guisado, porque la Milicia se apiñó resueltamente al lado de los ediles, y el ejército fraternizó con el pueblo. Con este modo de señalar, claro es que no había de correr sangre, ni había para qué.

Llegaban a Valencia las noticias abultadas y con cierto cariz poético. ¡Qué orden tan admirable! Verdaderamente no había pueblo más digno de la libertad que el español. Así se engrandecían las naciones. Los extranjeros se admiraban de nuestra cordura, de nuestra cívica virilidad. Se repetían las frases ardientes de González Bravo, pronunciadas en el Ayuntamiento, las proclamas de San Miguel a la Milicia, y los dichos catonianos de este y el otro individuo, que entonces empezaban a figurar en la historia. Naturalmente, se formó una Junta, que asumió todos los poderes, y su primer cuidado fue dirigir una respetuosa exposición a la reina. Todo se hacía con respeto: con respeto se convirtió un Municipio en Estado, y la fuerza pública se ponía a las órdenes de un alcalde, con muchísimo respeto. Oyendo contar a su amigo Araoz estas novedades, Ibero lo encontraba todo muy natural; pero no pudo menos de reír al enterarse de que en la flamante lista de secretarios de la Junta de Madrid figuraba el claro nombre de José del Milagro.

Dígase entre paréntesis que la ley de Ayuntamientos, causa de toda la trapisonda, no era más que una triquiñuela legal de los moderados para reducir a su mínima expresión la fuerza popular en los comicios, y matar de raíz las aspiraciones progresistas. Revelaron en ello, si no la suprema inteligencia de que blasonaban, una trastienda frailuna de que sus contrarios carecían. Los caballeros del Progreso, aferrados a la política sentimental, todo lo resolvían con himnos, abrazos y banderolas; los otros iban un poco más al bulto.

Cundió por toda España el ejemplo de Madrid, y el pronunciamiento no tardó en ser nacional. Vencida por un superior juego, la reina no tenía ya más que una carta, y la jugó sin vacilar: Espartero fue presidente del Consejo de ministros... Vio en ello Ibero la solución más natural y conveniente, pues el duque y la reina, las dos personas más altas de la Nación, encontrarían la forma y manera de hacer felices a los españoles, dándoles leyes justas y gobernando con prudencia y eficacia. Siempre había sido Ibero un gran inocente, y bajo la influencia soñadora y narcotizante de su refinado amor, lo era mucho más. Pensaba como un niño, y en la paz los tonos rudos de su fiereza militar se avenían singularmente con el carácter incoloro y anodino de sus ideas. Por aquellos días recibió su nombramiento de coronel, y fue a dar las gracias a la reina, que le recibió muy afable, sin repetir las delicadas bromas acerca del noviazgo. Sin duda la señora no se acordaba ya de tal cosa: su semblante revelaba insomnios y tristeza. La gravedad de la situación política la reconoció Ibero claramente en los hoyuelos, que aparecían algo desvanecidos y con pocas ganas de broma. Salió de la regia estancia compadeciendo a Su Majestad, y deseoso de que el Pronunciamiento le trajese días gloriosos, cosa en verdad menos fácil de lo que parecía.

Recibió el coronel con su honroso grado el mando del príncipe, y en la toma de posesión y en los trabajos de revista de material, documentación, caja y demás, se le pasaron algunos días. Consagrose después a un rudo trabajo epistolar, mandando para La Guardia en plieguecillos de papel toda su alma y tiernísimos memoriales, y mientras escribía con destreza febril, apenas se enteró de que el recibimiento hecho en Madrid al duque fue un delirio, de que la Junta revolucionaria, como quien no dice nada, se permitía pedir a la reina que diese un manifiesto reprobando los consejos de los traidores que la rodeaban; que separase de su lado a todos los funcionarios palatinos y personas notables que habían concurrido a engañarla, etc. Poco después, no fueron tan sentimentales los acuerdos de la Junta, pues se arrancó a proponer al duque la reforma de la Regencia, con arreglo a los buenos principios. La reina era excelente persona, según la Junta, y estaba animada de las mejores intenciones; pero en su inexperiencia encontraban un campo fácil de explotar los que aspiran a perdernos. Para no cansar (el documento es largo y mal escrito), querían los junteros asociar a la augusta persona otras que participaran con ella de carga tan pesada... y merecieran la estimación y confianza nacional.

En esto, formaba el duque su Ministerio, lo que no le fue difícil, dueño como era de la fuerza y de la opinión, y con sus ministros en el bolsillo, tomó el camino de Valencia, a donde llegó el 8 de octubre, harto de ovaciones, siendo la más solemne y estrepitosa la que en la ciudad del Turia dispuso y efectuó la gran mayoría del vecindario, el Ejército y Milicia. A la Cruz Cubierta salieron a esperarle generales y jefes, el Ayuntamiento, y gentío inmenso de todas las clases sociales. Locos de entusiasmo, los chicos de Milicia y pueblo desengancharon los caballos de la carretela y tiraron de ella tan guapamente hasta el interior de la ciudad, en medio del estruendo de las aclamaciones patrióticas, que semejaba a los fragores de la Naturaleza. Comparsas y músicas unían su clamor a la delirante voz del Progreso. De balcones, ventanas y azoteas llovían flores, coronas, dulces, confites, versos del inspirado Arolas. Al llegar el pacificador a su alojamiento en casa del marqués de Mascarell, cantaron un himno los coristas del teatro, digno remate de función tan lucida y grandiosa... No ha existido en España popularidad semejante, tanto más hermosa cuanto eran más efectivos los méritos que la justificaban. ¡Qué caminito para fundar algo grande y duradero! Ya se irá viendo, a medida que vaya clareándose el balance histórico, lo que España debió a Espartero, y lo que Espartero quedó a deber a España. Esta pobre vieja siempre sale perdiendo en todas las cuentas.

«Eso de que la Regencia sea doble —dijo Ibero en aquellos días, imponiendo su opinión a la oficialidad, mientras tomaban café en el cuarto de banderas—, me parece una inspiración del cielo. Los dos partidos, las dos ideas se juntan y gobiernan y transigen como un matrimonio, que no se puede disolver. Si esto no cuaja, señores, será porque aquí ya no hay patriotismo.»

Opinaron todos como él, y pusieron en el cuerno de la Luna lo que llamaban la co-Regencia, invención de la Junta municipal y constituyente de Madrid. Mientras de esto platicaban los militares, haciendo de paso sátiras muy acerbas de los personajes moderados que componían la camarilla de la reina, esta escuchaba en su cámara la lectura del programa ministerial, en el cual, entre vanas retóricas, se soltaba esta idea: Pero lo que más generalmente se desea es que Vuestra Majestad se acompañe de hombres prácticos en la ciencia de gobierno... Luego remachaban con este otro parrafito: Es opinión tan generalizada, que hasta en los pueblos más pequeños y que menos parece se ocupan de las cosas públicas, existe; y es tal la exigencia respecto a este punto, que la creemos irresistible, y un escollo contra el cual se estrellaría cualquier Gobierno que intentase contrarrestarla. Oyó la reina, y no dijo si le parecía bien o mal el documento, discreción en verdad muy extraña, pues para saber lo que opinaba del programa se lo habían leído. Como para quitar a los consejeros el mal efecto que había hecho su mutismo, requirió Cristina el Crucifijo y Evangelios para que los tales juraran, y con esto y el acto solemne de tomarles la prenda de sus conciencias, les tranquilizó, y ellos se tuvieron ya por ministros efectivos. Salieron de Palacio, y pasó un lapso de tiempo que por su importancia en aquella comedia hubo de merecer diversos cálculos acerca de su duración. Fue lo que podría llamarse un rato histórico, y su longitud la apreciaron unos en más, otros en menos. Don Joaquín María Ferrer lo fijaba en veinte minutos, don Manuel Cortina en quince, y Gómez Becerra en media hora. Ello es que no había transcurrido después de la jura una larga existencia ministerial, cuando Espartero, que aún no había salido del palacio de Cervellón, fue llamado precipitadamente. Su instinto le anunció algo grave, y no se equivocaba el señor duque, hombre de olfato seguro, pues al entrar en la regia estancia, la gobernadora, nerviosa y demudada, retorciendo en sus lindas manos el pañuelo, le dijo solo tres palabritas: «Espartero, yo abdico.»

¿Qué hablaron en el resto de la conferencia, que duró más de una hora? Claro es que Espartero empleó aquel tiempo en disuadir a Su Majestad de la resolución expresada. Debió de argumentar como ministro, como general y como caballero, y las varias razones salidas de sus labios no debieron de tener otro fin que la demostración del daño grande que al país ocasionaría la renuncia. En ningún archivo histórico consta ni puede constar aquel diálogo; pero la verosimilitud y el arte hipotético pueden reconstruirlo. Lo verdaderamente indescifrable es el pensamiento de uno y otro mientras hablaban; lo que dijeron no ofrece dificultad grande al historiador. Claro como el agua se ve que el duque agotó todo su caudal lógico para quitarle de la cabeza a la bella Cristina la ventolera de abandonar su cargo, y que la reina se obstinó en la renuncia, como quien ha tomado un acuerdo irrevocable, con su cuenta y razón. O anhelaba descanso, vida doméstica, goces más tranquilos que los del poder, despojado ya de todo encanto para ella, o vislumbrando un porvenir de dificultades insuperables, hacía la jugada de endosar al vecino su parte de responsabilidad. Cualesquiera que fuesen los móviles, estrategia o fatiga, ello es que la Soberana y el Soldado se separaron cada cual con su tema. No hubo acuerdo más que en la conveniencia de que solo el Gobierno supiese la grave resolución, y de que al día siguiente se celebrara Consejo para discutirla.

Pero ¡ay!, el Gobierno no fue más afortunado que su presidente: los pobres ministros, que se creían en situación muy desairada ante una reina que, mientras tomaba juramento, tenía guardado el escrito de su renuncia en la gaveta de la mesa donde estaban el Crucifijo y los Evangelios, hablaron sin tasa para disuadirla. Todo inútil. «Yo me voy, yo me voy, y yo no puedo más.» Con esta misma tenacidad categórica rechazaba María Cristina todos los extremos del programa ministerial, negándose a suspender la ley de Ayuntamientos y a reconocer la legalidad de las Juntas, y abominando de la co-Regencia.

«¿Por qué Vuestra Majestad no nos dijo todo eso antes de hacernos jurar?»

—Porque no podíamos prescindir del juramento, señores míos; porque era forzoso que hubiese un Ministerio en quien resignar el poder, para que la Nación no quedase sin gobierno.

Ni con estas razones ni con otras que expuso la dama se dieron por convencidos, y acordaron dejar en suspenso la discusión, celebrando nuevo Consejo al siguiente día. En el intermedio preparose Cristina de nuevas armas dialécticas, que fácilmente encontraba en el arsenal de su camarilla, y el Ministerio, tras una fatigosa disputa en que la fuerza lógica de seis hombres de autoridad se estrellaba en la tenaz porfía de un ser débil (hecho en verdad muy humano, que ocurre constantemente en el orden privado), se declaró vencido... Espartero y los suyos hubieron de aceptar la situación creada por la renuncia; mas no se puede determinar, a estas distancias cronológicas, si al acto de aceptar el hecho acompañó tristeza o alegría de los corazones. La actitud de Cristina tomaba toda su fuerza de la propia debilidad mujeril y del respeto y exquisitas consideraciones con que era forzoso tratarla. Había pronunciado con toda la majestad del mundo un ahí queda eso, y ya podían venir a predicarle abogados, generales y hacendistas. Si estos querían hacer un poco de historia con elementos más o menos políticos y literarios, ella sabía componerla con un mohín tan enérgico como gracioso, con un rasgueo de abanico y un estira y afloja de los expresivos hoyuelos.

No tardó en hacerse público el estupendo caso, y cada cual lo comentó como quiso, prevaleciendo el criterio de que Doña María Cristina daba muestras de gran patriotismo, quitándose de en medio para que viniesen otros a labrar la felicidad de la patria. Entre tantas opiniones, el historiador debe preferir las que rompían los vulgares moldes del juicio de los más, revelando en su propia extravagancia un cierto poder de adivinación. A la tertulia del cuerpo de guardia de Palacio asistía diariamente un señor de edad madura, a quien llamaban Don Nicolás, no se sabe por qué, pues no era este su verdadero nombre. Gustaba de andar entre militares, sabía revolver la historia de su época y apuntar sobre cosas y personas juicios muy donosos. Valenciano neto, poseía la perspicacia levantina, el decir sentencioso, y un sentido de la realidad que los ribereños del Mediterráneo deben a la frecuencia con que les visita el espíritu de Maquiavelo.

Don Nicolás expresó una opinión que fue motivo de risa y chacota entre los circunstantes, bebedores de café y copas, fumadores de tagarninas. «Pues la razón de todo esto –dijo– es el odio que la señora ha tomado a Espartero. Le aborrece; no puede matarle con su autoridad, y le mata con su dimisión. La cosa es bien clara. ¿Cuál es para Cristina la mejor manera de hundir al duque y de inutilizarle para siempre? Un hombre, un Rey, le arrancaría de las manos el bastón de generalísimo. Una mujer posee otros medios de venganza y castigo más eficaces... ¿Qué es ello? Pues ponerle en la situación de que la patriotería le haga Regente. Cátate Regente por virtud y gracia de los patriotas, cátate perdido. Esto es juego muy fino, señores, la quinta esencia del saber político y humano. Para poseer esta ciencia sutil hay que ser de la otra banda, haber nacido al pie del Vesubio o del Etna. Acá somos más llanotes y atacamos al enemigo por lo derecho... ¿Qué, se ríen? Le da la Regencia; él la toma; y ella, sentadita a la otra orilla, le ve patalear y hundirse...»

Rieron, porque si el juicio era tan disparatado que no merecía los honores de la refutación, en él resplandecían la originalidad y el ingenio. Por toda Valencia cundía, entre carcajadas, con el estribillo de Cosas de don Nicolás.

VIII

Ya en el trance de dar forma legal a la renuncia, el Gobierno se aplicó a endilgar del mejor modo posible la página histórica, para que los venideros tiempos no tuvieran nada que decir en punto a formalidades, y allí hubo de lucir todo su talento el que luego adquirió fama imperecedera, don Manuel Cortina, hombre muy fuerte en jurisprudencias y en el conocimiento de la humanidad. Resultaba dificilísimo fundamentar la renuncia de la gobernadora, que en 16 de septiembre había dicho en un decreto famoso que satisfaría las necesidades de los pueblos. ¿Con qué razones se justificaba la ligereza de negar en octubre lo que un mes antes había ofrecido conceder? Aquí del ingenio político, aquí de las elasticidades del pensamiento y de la palabra, para concertar un sí con un no y fundar encima el catafalco de la renuncia. Si por su entendimiento descollaba Cortina, no valía menos por la rectitud de su conciencia; y no hallando razones públicas con que motivar ante la posteridad el paso de la reina, creyó que debía buscarlas en el orden privado. Demostró en ello más inclinación a resolver todo conflicto con resortes humanos que con artificios forenses, y rebosando de sinceridad y buena fe, propuso a la reina que por cimiento de la dimisión se pusiera el hecho firme, bajo el punto de vista legal, de su casamiento morganático.

Debe decirse que si lo del casamiento no era más que un rumor, la naturaleza maligna del caso le daba tanto crédito, que ya en 1840 poquísimas personas lo negaban. Últimamente, la desavenencia ruidosa entre Cristina y su hermana contribuyó a difundir el secreto, pues Doña Carlota, refugiada en París, no halló mejor modo de distraer los ocios de su proscripción que refiriendo con pormenores de verdad todo el idilio palatino y morganático. Se cuenta que Su Alteza patrocinó un libelo que sobre la regia historia escribieron plumas venales en la capital de Francia, el cual no pudo ver la luz pública porque nuestro Embajador, marqués de Miraflores, se cuidó de recoger toda la edición y destruirla, no sin que se escaparan algunos, muy poquitos, ejemplares.

Bueno, Señor. El sabio, el íntegro Cortina, que creía verdad lo del casamiento, y sin duda no lo tenía por delito, sí por impedimento para ejercer la Regencia, se atrevió a ser sincero con Su Majestad. Mas la viuda de Fernando VII no juzgó que había llegado aún la oportunidad de hacer público aquel suceso, o entendía que su figura histórica se achicaba enormemente si aparecía prefiriendo la actitud amorosa a la política, y sin mostrar sorpresa ni indignación denegó el caso. Ya no tuvo más remedio don Manuel que devanarse los sesos para construir el castillete retórico que debía ser una página más de esa historia falsificada que elaboran diariamente los gobiernos con ideas muertas y palabrería de mazacote, historia indigesta, destinada al olvido. Otra cosa será cuando no haya tanta distancia entre la psicología de Reyes o gobernantes y los moldes de la Gaceta; entonces tendremos la real historia escrita al día. Pero es muy dudoso que este tiempo llegue; resignémonos a una vida de ficciones, y a recoger los granitos de verdad que a duras penas extrae la observación del fárrago indigerible de la literatura oficial.

Aplicáronse los señores ministros a resolver diversos problemas secundarios, nacidos de la renuncia, tales como la cuestión de tutela, la disolución de Cortes, etc., y no se cayó el firmamento, ni subió el vino, ni vieron los españoles la menor alteración en su vida bonachona. Comía el que tenía qué, y todos hablaban cuanto querían de lo humano y lo divino, derrochando su aptitud crítica, que era y sigue siendo la virtud o el vicio del siglo.

Santiago Ibero, cuyas tristezas se exacerbaron cruelmente en los días de la renuncia, por los motivos que él mismo dirá, se fue una mañana, la del 10 según los informes más autorizados, a la residencia del duque su ilustre jefe, y solicitó audiencia de la señora duquesa, que aquel día no prestaba servicio en Palacio al lado de la reina. Tras corta antesala se dignó la señora recibirle, y no manifestó en aquella ocasión crítica toda la afabilidad que en su bello rostro hallaban comúnmente los que tenían la dicha de tratarla: sin duda la inquietaba la próxima partida de la reina, y anticipándose mentalmente a volver aquella hoja histórica, veía quizás oscuras y garrapateadas las páginas siguientes.

«¿Qué traes por aquí, Santiago?»

Se sentó indolente, señalándole el asiento próximo. Como Ibero, indeciso y turbado, permaneciese en triste mutismo, continuó la dama: «¿Qué te parece de esta renuncia? ¿Has visto cosa más inesperada y sin fundamento? ¿Qué opinas tú?»

—¿Yo, señora? Nada, absolutamente nada —replicó el coronel con toda su alma—. No he tenido tiempo de pensar en ello, abrumado por... En fin, no quiero aburrir a usted con mis lamentaciones.

—Sí, hijo; no hagas el Jeremías, que no estamos para llorar. ¿Qué te pasa?, dímelo de una vez.

—Vengo a suplicar a usted que interceda con el señor duque para que me mande a Vitoria. Me ha dicho el ayudante del señor Linaje que el mismo día de la partida de la reina saldrá el príncipe para Madrid. Yo, que en tiempo de guerra jamás solicité cambio de destino, en tiempo de paz, y viendo una absoluta incompatibilidad entre mis intereses particulares y el real servicio, estoy decidido a pedir la absoluta si no se me manda al Norte.

—¿Y por qué esa prisa de ir a Vitoria? ¿Qué se te ha perdido allí?

—Se me ha perdido, o se me quiere perder, lo que para mí vale más que cuanto existe en el mundo. Perdone usted: debí empezar por ponerla en antecedentes, para que se haga cargo de las causas de mi desesperación. En la carta que recibí momentos antes de saber la renuncia de la reina... parece que el demonio lo hace, señora: mis alegrías y mis penas coinciden con los sucesos políticos más graves... pues momentos antes recibí una carta... ya me esperaba yo este jicarazo, que se me había anunciado en cartas anteriores... Total, que la familia quiere que rompa a todo trance, porque se ha determinado que Gracia dé su mano al marqués de Sariñán, a fin de unir las casas de Idiáquez y Castro-Amézaga.

—¡Dios nos asista!... ¿Pero es ella quien te lo propone?

—Ella, movida, según dice, de la obediencia, del respeto a los superiores... Bien quisiera protestar de tal tiranía; pero se halla sin fuerzas para la rebelión: su voluntad, no muy fuerte, se halla cohibida por la de su hermana, que es, como usted sabe, la que piensa y obra por las dos. A usted sorprenderá, como me ha sorprendido a mí, que Demetria, la gran Demetria, sacrifique la felicidad de su querida hermana por el marquesado de Sariñán.

—Santiago Ibero, tú no estás en tus cabales, y la pequeñuela de Castro juega con tu corazón, sin duda para ponerlo a prueba. Eres un niño; el amor te tiene tan ciego, que no ves toda la picardía de ese angelito juguetón de quien te has enamorado.

—Quizás habría pensado como usted si con la carta de Gracia no hubiera recibido otra de Navarridas en que me canta la misma tonadilla... que renuncie, que no insista; que la familia determina otra cosa por razones muy respetables... y todo ello en un tono seco y autoritario que me ha puesto, como usted ve, fuera de quicio, y con ganas de adoptar los medios revolucionarios. No me resigno, señora; no me estimo en tan poco como Navarridas quiere tasarme. Quiero que el señor párroco de La Guardia me diga esas cosas en mi cara; que Demetria también me las diga... que no me lo cuenten por cartas... que me suelten el tiro a boca de jarro si se atreven a ello... Decidido estoy a todo: si el jefe no accede a lo que le pido, me iré de paisano. ¿Qué vale ya mi carrera militar, ni para qué la quiero?

—Pero, tonto, si pides la absoluta, bien podría ser que te hicieran menos caso. Pongamos que convenzo a Baldomero y te da el mando de un regimiento de los que están en el Norte: Farnesio, Cuenca, no sé... Vas, llegas...

—Y me persono en La Guardia, y pido explicaciones, y propongo a Gracia la rebeldía, la evasión, la fuga... Cerco la casa, la incendio; arrebato a Gracia, la robo, hago el trovador: no me arredran los lances de comedia... Y si no pudiera conseguir lo que intento, porque la familia, el enemigo, se me anticipara con precauciones y defensas, el volcán de mi alma reventaría por el cráter de la venganza... Ya lo ve usted: sin quererlo me vuelvo poeta... y hago versos... En prosa... Sin que ello me resulte ridículo... Pues sí: ¡venganza, justicia!... Cintruénigo me la pagará... Pegaré fuego al palacio de Idiáquez, arrasaré la villa, no dejaré piedra sobre piedra... ¿Para qué estamos los militares más que para castigar la maldad, para meter a todo el mundo en cintura?

Rompió en franca risa la señora duquesa, y le dijo: «Pues, hijo, medrados estamos con tus ideas... No se os han dado las armas, no, para que con ellas atropelléis a la gente pacífica, ni para esas venganzas de teatro. ¡Pues estaría bueno!... Santiago, si sigues diciendo esos disparates, creeré que eres capaz de hacerlos; y Baldomero que se interesa por ti más que tú mismo, te mandará a un castillo hasta que te pase la calentura. Ten formalidad, y yo te prometo interceder para que te dejen ir a ver a la niña, y puedas echar un párrafo con María Tirgo... Vamos, hombre, que no serán las cosas tan negras como tú las pintas... Es que con la paz, los valientes os volvéis otros, digo yo, y todo el furor de guerra que teníais en el cuerpo os sale en forma de tonterías, y os ponéis babosos, y qué sé yo...»

—¡La guerra! —exclamó Ibero dando un gran suspiro—. Los días más penosos de la campaña, aquellos en que me vi en mayores peligros, en que sufrí más hambres, fueron, ¡ay! los más felices de mi vida... Ya no volverán.

—Ni falta que nos hace. ¿Pues qué, siempre hemos de estar peleando para dar gusto a estos señoritos alocados?

—No digo que siempre estemos en guerra... Digo que aquello para mí era mejor, que me gustaba más.

—Buen provecho te haga. No, no: España quiere ahora paz, y una paz larguísima, para que prospere todo, hijo, y seamos un pueblo ilustrado y rico.

—Así lo he pensado yo; pero no me sale la cuenta, señora.

Algo más quería decir; pero le interrumpió la entrada de Espartero. Levantose Santiago con marcial presteza al sentir el ruido de la mampara, y dando media vuelta se encontró ante la cara cetrina del pacificador, que aquel día no revelaba un temple muy favorable a las conversaciones ociosas.

«¿Qué quiere Santiago?» preguntó casi sin mirarle.

—Quiere que le mandes a Vitoria —dijo la duquesa entre seria y festiva, poniendo toda su bondad generosa al servicio de una causa de amor harto simpática—. Y realmente tiene que hacer allí. Es una iniquidad que le quiten su novia y la casen por fuerza con otro, a estilo de comedión pasado de moda. Los Navarridas dan un bofetón al Ejército español, y esto no debe consentirse.

—¿A Vitoria...? —repitió Espartero, que engolfado en otros asuntos y pensamientos no se hizo cargo de lo que oía—. ¡Válgame Dios, qué jaqueca nos está dando esa buena señora! Hoy hemos salido locos... ¿Pero no comemos, Jacinta? No es que yo tenga ganas; pero hay que comer, no solo para vivir, sino para salir pronto de esa obligación de la comida, y ocuparse uno en lo que ha de hacer por las tardes... Ahora me acuerdo: tenemos que esperar a Cortina, a quien he convidado... Me parece que ya está ahí: ese es de los puntuales. Santiago, te quedarás a comer con nosotros... No hay excusa: yo lo mando. ¿Con que a Vitoria? Por ahora no puede ser. Ibero irá siempre a donde yo le necesite, y yo le necesito a mi lado... En Madrid.

IX

La repetición de este concepto, al siguiente día, quitó a Ibero toda esperanza de que el general accediese por el momento a trasladarle al Norte; y para colmo de desdicha, siempre que de esto se le hablaba, respondía Espartero con mayor severidad y firmeza, tomando a broma lo de la licencia absoluta, que calificó de chiquillada indigna de un hombre serio. No tuvo al fin Santiago más remedio que resignarse, ayudándole en su conformidad la bonísima doña Jacinta, que le prometió escribir a La Guardia para informarse de la intriga o cábala matrimonial que hacía de un bravo coronel de ejército un desairado personaje de comedia sentimental. En los días que precedieron a la partida de la reina, se distrajo con las precauciones que hubieron de ser tomadas para impedir que se turbara el orden, pues corrían voces de que la caterva reaccionaria produciría un motín en el momento de salir Su Majestad de la misa en la Virgen de los Desamparados para dirigirse al muelle. El plan era precipitarse al coche, cortar los tirantes, y haciendo de borriquitos los señores y pueblo, llevarse a la Real persona con rápida tracción a Palacio. Así desbarataban caballerescamente todo el plan de embarque, dando por nulo y sin ningún valor el acto de la llamada renuncia.

Bueno será indicar el extrañísimo estado psicológico de Ibero con respecto a la reina, para que a nadie sorprenda que se alegraba de verla partir, aun conservando hacia ella una simpatía dulce, y compadeciéndola por la pena de separarse de sus hijas. El amor, que desatado con violencia desequilibra las facultades y centuplica la sensibilidad y la fantasía a expensas de la razón, probó de un modo excepcional todo su poder en el valiente Ibero, llevándole al delirio, y haciéndole ver en la Naturaleza y en la Sociedad fenómenos y relaciones propias de la edad primitiva. No llegó ciertamente a un estado de locura como el de Cardenio; pero sí a creer y sentir como hijo de las selvas, de las espeluncas o de cualquier otro sitio donde no había civilización, ni ciencia, ni pacto social, sino rebaños de hombres soñadores y pacíficos ante los sublimes espectáculos del cielo y de la tierra. El bravo coronel veía signos de celestial escritura en las dispersas estrellas y constelaciones, o figuras humanas que recorrían con pausada solemnidad la inmensa bóveda; animaba con su naturalismo creador los objetos terrestres, atribuyendo a los árboles, a las peñas, a las sombras de los edificios, y aun a las cosas más innobles, figura, existencia y personalidad, y separando todas estas visiones en las dos categorías de benéficas y maléficas. Un poste, a veces, le miraba con saña; un ventanucho le sonreía; una caja de cigarros le decía: «cuidado Ibero» con fraternal interés; una banderola ondeando al viento le gritaba: «tonto, ¿por qué vives?» Aprendió mil supersticiones sin que nadie se las enseñara, y mil formas de jettatura. Reconociendo él mismo la ridiculez de aquel trastorno, actuaba sobre sí con la voluntad, y trataba de quitarse tales tonterías de la cabeza, diciéndose al fin: «¡Qué bien te vendría, Santiago, que estallase otra guerra, para que los cuidados y peligros te limpiaran el entendimiento de esta mugre!»

Cuando llegó Doña María Cristina, la peregrina casualidad de que en un mismo día y hora apareciesen la reina y la carta que le hizo tan feliz, fue parte a que Santiago creyera su destino amoroso asociado a la persona de la Soberana. Los hoyuelos del divino rostro de Cristina eran la cifra o representación de la divinidad misteriosa que preside al amor, y ellos le infundían esperanza, le señalaban un camino, le recomendaban la perseverancia y la fidelidad, anunciándole nuevas dichas cada vez que en público se mostraban. Pero de pronto el influjo benéfico de la regia persona trocose en maléfico influjo. Con la renuncia de la Regente en el mundo político, grande y ruidoso trastorno, coincidieron en el individual mundo del enamorado, las tristísimas nuevas venidas de La Guardia en las cartas de Gracia y Navarridas. No fue preciso más para que la reina se trocase de ángel en demonio, entendiendo por esto un ser muy bello, pero de muy malas intenciones, que provoca desastres y ruinas solo con una mirada. Otras mil ocasiones de probar la sombra maligna de la viuda de Fernando VII se le presentaron, pues observó más de una vez que siempre que la veía, le pasaba algo desagradable. En fin: convertida la reina en el genio adverso del buen militar, en la fase negra de su destino, ¿qué había de desear sino que se marchara? Y para desbaratar su poder maléfico, convenía que saliese por donde había venido: por la inmensidad del mar. Mares y cielos traen y llevan las fuerzas invisibles del mal y del bien.

Conjurado por el Gobierno y las autoridades el peligro de aquel tremendo complot para no dejar salir a la reina, se preparó todo para la mañana del 17 de octubre. Ibero y otros jefes recorrían desde el amanecer la carrera, disponiendo la distribución de fuerzas del Ejército y la Milicia, desde la Puerta del Mar hasta el Grao, y reforzando los puntos débiles como si se tratara de tomar posiciones para una batalla. Cuando se aproximaba la hora, vio pasar, camino del puerto, a todos los personajes que eran figuras de primero y segundo orden en el mundo oficial, luciendo sus uniformes con bandas y cruces. A las seis de la mañana, ya el corto muelle del Grao se hallaba tan obstruido por la muchedumbre de funcionarios, como en tiempos modernos por las cajas de naranjas en días de embarque. Militares había en gran número, y magistrados y clérigos, y a unos y otros hubo de señalarles Ibero los puestos convenidos para que pudiesen ver a Su Majestad y saludarla sin confusión. Allí estaban, representando al Ejército y la Marina, el Mariscal de campo Borso di Carminati, el Subinspector de Artillería don Casimiro Valdés, el comandante de ingenieros don Juan de Quiroga, el comandante del Tercio Naval don José de Julián. Por el clero, iban el Chantre de la Catedral Don Miguel Soler, el Magistral don Vicente Llopis, el Penitenciario don Juan Broto y multitud de curas párrocos, señalados algunos por concomitancias cabreristas. De la justicia eran dignos representantes don Vicente Fuster, Regente de la Audiencia, y el fiscal don Andrés Ruiz Morquecho, amigo y conmilitón de Ibero. Empleados de categoría formaban la masa oscura, sin casacas ni relumbrones, figurando entre ellos el Administrador de Loterías, el de Aduanas, el comisionado de Amortización, y tras estos los síndicos del Ayuntamiento y el Administrador interino de ramos decimales, que no era otro que aquel don Nicolás, filósofo de la historia y profesor de maquiavelismo.

Antes de las seis llegó la reina en coche de cuatro caballos; había recorrido el trayecto desde la casa de Cervellón sin que saliesen las turbas moderadas a desenganchar para ponerse a tirar del coche. Todo resultaba fácil y corriente en la realidad, y la gobernadora dimisionaria salía del Reino sin producir más entorpecimiento que una partida de naranjas. Tras ella, en otros coches, llegaron los individuos que la opinión señalaba como figuras culminantes de la camarilla: el duque de Alagón, capitán de Guardias de la Real persona; el conde de Santa Coloma, mayordomo mayor; el marqués de Malpica, Caballerizo, y algunos otros, cuya celebridad iguala a su insignificancia. Y seguían Doña Jacinta y otras damas de la reina llorando: algunas partían con Su Majestad, otras se separarían de ella para siempre por disposición de los hados políticos. Los generales Seoane y Espartero formaron a un lado y otro de Su Majestad para conducirla a la falúa. La despedida fue tiernísima. María Cristina tan pronto se llevaba el pañuelo a los ojos, como saludaba a la multitud agitándolo, sin poder decir más palabra que adiós, adiós... Viola Ibero embarcarse y partir sin apartar los ojos de tierra y del gentío que vitoreaba. Los hoyuelos, si para todo el mundo eran la afabilidad y el cariño, para él fueron la expresión de una ironía diabólica.

Íbase al fin bendita de Dios; su ausencia daba al enamorado militar esperanzas de un cambio feliz de su sino. Era el ocaso de una constelación adversa, que no volvería, no, a traspasar la línea del horizonte. Vio Ibero a la reina subir la escalera del barco y agitar en lo más alto de ella su pañuelo mirando a tierra. El vapor, que humeaba ya, presuroso de salir, levó anclas y empezó a dar paletadas, no tardando en tomar carrera fuera del puerto y en emprender su marcha ceñido a la costa. El Mediterráneo, tranquilo aquel día, se puso de azul intenso para recibir y transportar a la ninfa de Parténope. Debió de recapitular la reina en su mente, mirando las costas españolas de que se alejaba, los diez años de su vida en nuestra tierra. ¡Qué cosas pensaría, qué cosas debió de decirse!... Recordaría también su salida de Nápoles en 1829, cuando vino a casarse con el Rey odioso y feo, y cotejando aquella salida con la de Valencia, diez años después, quizás pensó que su vida transcurría entre volcanes: allá el Vesubio, aquí la Guerra Civil, y tras esta la inmensa pira del Progreso, que no esperaba más que una mecha encendida para arder por los cuatro costados... A tiempo se iba, después de haber desempeñado un glorioso papel político. Si enemigos crió, de amigos y sectarios entusiastas dejaba también buena empolladura. Hijos no le faltaban; que la Naturaleza habíala hecho bien prolífica, y si dos tiernas criaturas quedaban aquí, otras hallaría en Francia, sin contar lo que viniera después. Más satisfecha como mujer que como reina, se consolaba de sus desgracias políticas considerando la dificultad del cargo. Pero, en conjunto, no le había sido adversa la fortuna, y recapitulando al son de las paletadas del vapor, le salía más crecida la cuenta de los bienes que la de los males.

No tardó en perderse el vapor Mercurio mar afuera, y a las diez de la mañana, los moderados doloridos que desde el Miquelete o en altos miradores seguían con catalejos el curso de la nave por la azul inmensidad, no descubrían ya más que un tiznón sobre el horizonte. Por allí iba... ¡Qué dolor! ¿Volvería?...

X

Antes de terminar octubre, ya estaba Ibero de nuevo en Madrid, hastiado del viaje de regreso, igual al de ida en aburrimiento y monotonía, sin más diferencia que la producida por el estado atmosférico, pues si le achicharraron en verano los calores, en otoño las pertinaces lluvias le mojaron y refrescaron más de lo que quisiera. Fue casi todo el camino en la custodia y acompañamiento del general Espartero, viéndose obligado a presenciar unas cuarenta ovaciones en pocos días. Habríale gustado dar convoy a la reina y a su hermanita; pero casi todo el camino fueron una o dos jornadas por delante, con su lucido acompañamiento de damas, caballerizos, escolta y numerosísima servidumbre. Solo en la subida de las Cabrillas las vio y fue junto al regio coche un buen trecho. Por cierto que iban las dos niñas muy monas, picoteando con las damas que ocupaban la delantera, y dirigiendo a cada instante su voluble atención con juguetona risa hacia toda novedad de cosas o personas que hallaban en el camino. Por cierto que se fijaron en el coronel, y aun le hicieron un poquito de burla, porque habiéndose interpuesto unos gitanos que bajaban el puerto con media docena de jumentos, se desorganizó un tanto la marcha de coches y jinetes. Ibero trató de restablecer el orden, arreó latigazos a los borricos, y la gitanería defendió su derecho al camino con graciosos denuestos. Tal incidente fue muy del agrado de las niñas, y la incomodidad de Ibero, no proporcionada quizás al motivo del lance, les hizo mucha gracia.

Desde aquel día las niñas se adelantaron y no las vio más. Iba el coronel en compañía de personas fastidiosas, de funcionarios sin ninguna amenidad, que no hablaban más que de política, como si nada existiese en la Naturaleza digno de atención. El 28 llegaron a Madrid, siendo recibido el Gobierno Provisional o Ministerio-Regencia, que de ambos modos se le llamaba, con todas las músicas disponibles y con las aclamaciones de ritual. El mismo día de llegada se confirió a Ibero el mando de Saboya (6.º de línea), acuartelado en el Pósito, y la primera ocupación del coronel fue arreglar su instalación personal no lejos del cuartel y de la Inspección de Milicias, donde fue a morar el duque con su familia. El 30 tenía ya su acomodo en una casa de la calle del Turco, agregándose a una familia riojana en calidad de huésped, pues firme en su tenaz idea de marchar al Norte a la primera ocasión que se presentase, no quiso poner casa ni embarazar su libertad. El continuo trajín militar, la dignidad de su mando, y más que nada las noticias consoladoras que recibió de La Guardia, aplazando el conflicto y reverdeciendo esperanzas, le aliviaron grandemente de su mal, y su mente se despejó de aquellos delirios supersticiosos que le habían atormentado en Valencia. Alguna vez le sobrecogían temores hondos, sin otro motivo que presenciar la caída de una cafetera, o escuchar la desafinada voz de un ciego que pregonaba el Huracán. Pero se dominaba, consiguiendo llevar a sus nervios la disciplina, a su razón la luminosa fuerza.

Reanudando sus amistades de otros días, encontró a Bretón amable y gracioso, a pesar de las tristezas de su cesantía. Por ley que parecía obra de la Naturaleza, tal era su regularidad, el nuevo régimen le había separado del comedero de la Biblioteca, para poner en él a persona más conforme con las ideas dominantes; frecuentaba Ibero su trato y el de su familia, gozoso de la paz de aquella casa, donde moraban la honradez, la modestia y todas las gracias castizas en verso y prosa. De muy distinto género era la amistad de González Bravo, el periodista impetuoso del Guirigay, el que se puso a la vanguardia del motín de septiembre, penetrando a la cabeza de los primeros grupos en el Ayuntamiento. El triunfo del pueblo había hecho de Luis González un energúmeno: en vez de aplacarse con el acabamiento de la tiranía moderada, se inflamaba más en ardor patriotero y en ansias de libertad. Se decía que, contrariado porque no le habían metido en la Junta, quería llevar las cosas a los extremos de la licencia y la anarquía, ayudado de su amigo Nocedal, tipo del perfecto miliciano, el primerito en el servicio como en las asonadas. Más desinteresado que estos, movido de su loco idealismo, como poeta, y de un sentimiento popular sano y hermoso, Espronceda escribía con un rayo, pidiendo, no ya la libertad, sino la República. No se paraba en barras; no sabía contenerse retorciéndose y achicándose dentro de los moldes circunstanciales, ni quería mantenerse en el terreno común a moderados y progresistas. Su ardiente imaginación, su temple audaz, familiarizado con el libre vuelo del pensamiento, le lanzaba a las grandes empresas, y las acometía presagiando la inutilidad de sus esfuerzos. Pero ¿qué le importaba si satisfacía su ideal y se recreaba con los fantasmas creados por sí mismo? No tardó Santiago en afirmar la amistad que en el verano había contraído con Espronceda, afinándola y robusteciéndola con recíprocas confidencias. Bien conocía el alavés que las ideas de su amigo eran irrealizables, ideas poéticas y de otro mundo, ¡pero qué hermosas! Arrancaban del pasado y nos conducían a un porvenir risueño; se fundaban en lo más hermoso de nuestra alma, y pertenecían al propio tiempo al ensueño y a la razón. Contradiciéndole, movido de los respetos inherentes a su posición militar, el coronel gustaba de oírle, y le incitaba a desbocarse por los espacios donde jamás penetró el pensamiento de los hombres comunes. Era Espronceda el vate político, y bajo su influjo la religión liberal de Ibero se iba convirtiendo en un culto secreto de dioses lejanos.

Muy distinta era la amistad que reanudó con el buen Milagro, pues en este no veía más que un pobre maniaco inofensivo, de estos que lo sacrifican todo al ansia de vivir y a las complejas necesidades de que se ven cercados. Infatigable en su propósito de no quedarse atrás en la procesión social, don José había logrado meterse en la Secretaría provisional de la Junta, y tales servicios prestó allí desplegando todo su saber burocrático, que a la llegada del Ministerio-Regencia halló fácil medio de colarse en Gobernación con veinte mil, y a los pocos días se le indicaba para un puesto de jefe político en provincia de tercer orden. Transformado de ropa y cara le encontró Ibero, pues se había rapado completamente al uso antiguo, quitándose el bigote de moco que le sirviera de emblema revolucionario, y se había provisto de la ropa indispensable para un funcionario de su fuste, que pronto tomaría el mando de una provincia. Sorprendió a Ibero el aire de dignidad y mesura que en sus ademanes ponía el buen Milagro, y las ideas sensatas que derramaba de su boca.

«Vea usted, señor don Santiago —le dijo la segunda vez que fue a visitarle en su oficina—, cómo se ha realizado lo que yo presagié con buen ojo. Ya tenemos el gobierno del pueblo por el pueblo; ya no hay tiranías palaciegas ni camarillas indecentes; ya no hay más que legalidad, justicia, y libertad perfectamente hermanada con el orden. Ahora procuramos que el gobierno de la Nación entre en su cauce natural, cesando en sus funciones la Junta de Madrid, después de cumplida su misión salvadora. Cierto que algunas juntas de provincias no quieren disolverse; pero la razón a todas se impondrá... ¡Qué cordura la de nuestro pueblo! ¡Qué energía en la acción, qué prudencia en el triunfo! Aquí vienen todos los días en la prensa de Inglaterra y Francia demostraciones de lo que nos admiran los extranjeros. Pasar del despotismo a la libertad sin derramamiento de sangre es gran cosa, ¿verdad? Ahora se verá lo que es España y qué reformas, qué progreso, qué adelantos... No dirá usted que se duermen los ministros, pues cada día larga la Gaceta un decreto reformista que da gusto... Así, así se gobierna. Luego tendremos el gran problema de la Regencia, que resolverán las Cortes legalmente elegidas. ¡Y qué Cortes!... las más liberales, puede usted decirlo, que se han visto desde que tenemos régimen. ¿Será la Regencia una o trina? Eso lo dirán los doctores políticos. Luego, con un cúmplase, queda todo concluido... Aquí me tiene usted sacrificándome por la patria, pues el ministro me retiene hasta media noche... Como hay tanta gente nueva, no saben por dónde andan. Luego la taifa moderada dejó esto en el mayor desorden: no venían aquí más que a fumar cigarrillos y a hablar mal de Espartero... Y a propósito: ¿qué tal está el duque? Dijeron ayer que se había metido en cama molestado por un ligero ataque de retención de orina. Yo sé lo que es eso, y empleo la zaragatona, uso interno y externo. Recomiéndeselo usted, que le ve todos los días... Que se cuide, que se cuide, pues él es la columna en que descansa todo este gran edificio de la libertad...»

Hablaron luego del amigo don Bruno Carrasco, con quien conservaba Milagro relaciones muy cariñosas. La circunstancia de tener amistad antigua y aun algo de parentesco por afinidad con el señor Gamboa, ministro de Hacienda, fue para don Bruno como la venida del Espíritu santo, pues a más de prometerle resolver a su gusto el expediente de Pósitos, el gobierno deseaba utilizar sus servicios en la administración, nombrándole para una plaza de consejero de Hacienda o cosa tal. Había llegado el reinado de los buenos, el predominio absoluto de la honradez. A la sazón estaba Carrasco en su pueblo, ocupado en la faena de levantar la casa para venirse a vivir a Madrid con toda la familia, apretándole a ello el vivo afán de aplicar su inteligencia y su respetabilidad a la cosa pública. «Eso, eso es lo que nos hace falta, señor mío —decía Milagro con enfática suficiencia—, y eso es lo que yo sin cesar predico. Que vengan a Madrid los hombres pudientes a dar tono a la política, para que esta no sea patrimonio de cuatro danzantes... Si me promete usted la reserva, amigo Ibero, le confiaré un proyecto que acariciamos Carrasco y un servidor de usted. Aún no sé qué ínsula me darán; pero se trabaja para que esta sea Ciudad Real. Si allá me mandan, tenga usted por cierto que Bruno sale diputado... vaya si sale. Allí tiene arraigo, bastante propiedad, numerosos amigos y deudos... y a mí, a mí que las vendo, ja, ja... No le digo a usted más.»

Anunciole también don José que viéndose mejorado notablemente de recursos pecuniarios y de posición social, había traído a su lado a los niños pequeños y a las hijas mayores, la esposa del bajo y la del subteniente Piquero, separada de su marido por la mala vida que este le daba. Contento de la restauración de su hogar, había tomado un pisito en la calle de las Infantas, modesto asilo que se permitía ofrecer al señor de Ibero, por si gustaba de honrar a la familia con su presencia, en los ratos de ocio. Allí no encontraría lujo ni etiquetas; pero sí cordialidad, franqueza y alegría. Las muchachas eran muy instruiditas para lo que aquí se acostumbra; aficionadas a la música y a la literatura, y en el poco tiempo que llevaban de su nueva instalación en Madrid, comenzaban a formarse un núcleo de excelentes relaciones.

Agradeciendo mucho la oferta de casa, prometió el coronel no privarse de la honra y agrado de tal sociedad. Milagro, al despedirle, se condolió de que no fuese la dicha completa en su familia, pues si su hija mayor y los chiquillos no le daban ningún motivo de tristeza, érale muy penosa la situación de su hija menor, esposa de un perdido y separada de él: ni casada, ni soltera, ni viuda... ¡Qué dolor! Gracias que la niña era un ángel, la misma virtud. Don José padecía lo indecible viéndola en aquel divorcio de hecho, criatura perdida para los grandes fines sociales, destinada a vivir como una monja en el hogar paterno. Véanse aquí las consecuencias de un mal matrimonio, contraído precipitadamente, por ventolera irresistible de la muchacha y audacias del mozalbete. En fin, ya no tenía remedio. «Mis hijas —agregó don José— son dos obras maestras, aunque me esté mal el decirlo, notables por su talento y por todo lo tocante a la exterioridad, belleza, donaire, etc. María Luisa, que era una notabilidad en el arpa, ha descuidado el instrumento desde que se casó; pero la obligaremos a estudiar un poco para que usted la oiga. Su esposo, Romano Cavallieri, es uno de los primeros bajos del mundo, y en Madrid no hay otro que ponga más alta la buena escuela italiana, así en ópera como en funerales. Mi hija segunda, Rafaela, fue siempre tan suave por la figura, los modales, las aficiones, y al propio tiempo tan melosa y atractiva en su manera de hablar, que unas vecinas nuestras dieron en llamarla Perita en dulce, y en casa casi siempre le dábamos ese nombre. Después de su infeliz matrimonio nada ha perdido de su dulzura y delicadeza: al contrario, parece que la conformidad con su desgracia la hace más tierna y cariñosa... En fin, amigo, no se ría usted de mis debilidades paternas... Nada quiero decirle a usted de los chicos pequeños, que han hecho en Illescas unos exámenes brillantísimos. ¡Si viera usted las planas que me ha traído el mayorcito! Creo que serán hombres de provecho, buenos ciudadanos, buenos progresistas... Quedamos en que usted nos honrará...»

Con una afirmación cordial se despidió el coronel, que desde el Ministerio se fue a casa de Espronceda, y después a casa de Olózaga, y de allí a ver a Pacheco, a quien había conocido en Valencia, y luego al café, donde encontró a varios militares amigos. Así mataba el tedio con sucesivas y amenas visitas, y si no lo mataba lo hería gravemente.

XI

¿Se disolvían las juntas? ¿Sería disuelto el Senado? ¿Era cierto que el Infante don Francisco salía con la gaita de reclamar la Regencia? ¿Qué tal el Manifiesto de la reina Cristina, tronando contra la situación que había creado con su renuncia? Vamos, que el Ministerio-Regencia no se mordió la lengua en la refutación de aquel documento. ¿Qué había del conflicto eclesiástico? ¿Nos quedábamos sin nuncio, absolutamente incomunicados con la Corte y curia romanas? ¿Qué se decía de casamiento de príncipes y princesas brasileñas con infantes e infantas españolas? Y a la Reinita, ¿con quién la casaban?... De todas estas cosas y de otras menudencias políticas y sociales que en aquellos días (ya entrado noviembre) fatigaban la opinión, habló y oyó hablar Ibero en sus primeras visitas a la modesta casa de Milagro. Fue allí por añadir un recurso más a los que empleaba para combatir su aburrimiento, y en verdad que no le pesó, pues la familia era muy agradable, las niñas muy despiertas, el bajo muy complaciente, y en la tertulia nocturna, alrededor de la camilla, no faltaban señoras dicharacheras ni aun hombres políticos que decían cosas muy atinadas sobre los problemas del día. Los chiquillos pequeños eran el único desconcierto de la grata armonía doméstica, porque no brillaban por su buena educación, ni sabían hacerse agradables en la edad que precede al último estirón de la infancia. Eran pegajosos, entrometidos, preguntones y cargantísimos. Pero, en fin, a esta pejiguera servía de compensación la discreta amabilidad, la risueña juventud de María Luisa y Rafaela.

Ya llevaba Ibero algunos días de conocimiento y no podía conseguir que María Luisa tocase el arpa. Se excusaba pretextando rigidez de dedos por el abandono de la ejecución en largos meses; y en tanto, como el instrumento padecía también de la dilatada inacción, el bajo, que era hombre para todo en cosas musicales, se pasaba las horas componiéndolo y echándole nuevas cuerdas. María Luisa no había dado aún nietos al buen Milagro; a los siete meses de casada, un mal parto malogró las esperanzas paternales, que de nuevo reverdecían en el invierno de 1840; y como se hallaba ya de cinco meses, a don José no le gustaba que se la instara demasiado a lucir sus habilidades de arpista, no fuera que con el ajetreo de pies y manos y con las sofoquinas que suele producir la inspiración, cuando es de ley, se malograse el fruto. El pobre Cavallieri era un hombre excelente, conocedor de sus deberes como presunto padre de familia. A pesar de hallarse sin contrata, pues por no lanzarse a viajes costosos había rechazado las que le propusieron de los regios teatros de San Petersburgo, Londres y Nápoles, sabía traer dinero a casa, sacando un jornal de todas las solemnidades religiosas y de los funerales de primera. Además daba lecciones de canto, y también componía su poco de música, ora un invitatorio, motete o tanda de villancicos, ora alguna canción con letra de Espronceda para acompañamiento de guitarra. En casa era de una seráfica mansedumbre: respetuosísimo con su suegro, obediente a su mujer, sin exigencias en las comidas, dispuesto a todo, aun a cosas tan contrarias al arte de Rosini como el planchar vuelillos y el peinar a las señoras.

La casa era modestísima, los muebles viejos y descabalados, simbólica expresión de la vida procelosa de Milagro y de las cesantías, traslados a provincias y demás accidentes de la vida del funcionario público en esta desordenada tierra. Notó Ibero los apuros que había cuando los visitantes vespertinos o nocturnos excedían del número de sillas, contando para los grandes llenos con las de la cocina. Mas no por estas escaseces de mobiliario, ni por otras faltas que a cada paso se ponían de manifiesto, perdían aquellos benditos el gusto de la vida social, y cada vez querían atraer y recibir a más personas, sin reparar que fueran de mejor pelo y de clase superior a la suya. No les era difícil sostener la casa con el sueldo de Don José y las ganancias no deslucidas de Cavallieri: la experiencia de Milagro y sus dotes de gobierno impusieron desde el primer día el sistema salvador de gastar menos de lo que ingresara, y por nada del mundo se alteraba este método, al que debían la tranquilidad, un comer apropiado a las necesidades, y una vida, en fin, decorosa, aunque humilde. Los chicos no iban rotos a la escuela, ni don José a la oficina con facha indigna de su posición; para todo había, y aun se juntaba duro a duro el presupuesto de sastrería que había de dotar a Milagro de todas las prendas indispensables a un jefe político.

La menor de las hermanas, la que, según el dicho de su padre, no era viuda, ni casada, ni soltera, Rafaela, en fin, por mote familiar vigente aún, la Perita en dulce, daba quince y raya a todos en lo hacendosa y hormiga para su atavío particular. Otra que mejor y con más gusto se arreglara los cuatro pingos que poseía, y los lazos, cintas y moños, no ha existido en Madrid. ¿Qué arte secreto era el suyo para vestirse y emperifollarse, y qué hacía para parecer tan bien con su trajecillo pobre y con cualquier trapo de bien combinados colorines que se pusiera? Verdad que ayudaban al mágico efecto su rostro bonito y la perfecta conformación de su talle; pero algo más había, y era un instinto, una adivinación, y el conocimiento genial de todas las modas y sus cambios, sin sobar figurines ni andar entre modistas. Descollaba Rafaela entre sus iguales como la rosa entre mastranzos; su superioridad consistía quizás en que nunca delató con la afectación su prurito de elegancia, en que su sencillo atavío no revelaba el estudio previo y paciente para obtener tan feliz resultado. Era su rostro finísimo y algo picaresco, de un estilo (si estilo hay en las formaciones de la Naturaleza) que bien podría llamarse Pompadour, pintiparado para el traje de pastoras de abanico, con empolvado pelo, corpiño estrecho y espléndidas faldas recogidas. El pelo era rubio, la tez de una blancura porcelanesca, los ojos oscuros, reveladores de amor, de ensueño, a veces de inteligente malicia.

No se creía don Santiago infiel a su compromiso de amor porque la Perita en dulce le gustase. Le gustaba, sí; pasaba ratos muy entretenidos a su lado; pero todo el goce que recibía en ello era superficial y no le llegaba al corazón. Le divertían los conceptos extravagantes que expresaba Rafaela sobre cualquier tema de los usuales de la vida, y reconocía en ella una inteligencia no común. «¿No les parece a ustedes —dijo la Perita una noche, no hallándose presente su padre— que esto de la libertad es una paparrucha? La libertad, como el retroceso, ¿qué son sino los motes o letreros que se ponen estos o los otros señores para mangonear? ¡Ay, Virgen del Rosario, que no me oiga mi padre!... Me mataría.»

Oído aquel disparate gracioso, le soltó Ibero un discursillo enalteciendo las ventajas que obtienen los pueblos del régimen que felizmente disfrutábamos, y no fueron risas y chacota las de ella para zaherir tan manoseadas retóricas. «¿Con que libertad? ¿Y para qué sirve esa libertad? Para escribir en los papeles mil disparates, para insultar a los ministros y no dejarles gobernar; libertad para los que alborotan, y entre tanto el pobre, pobre se queda, y los ricos se hacen más ricos, y nosotras las mujeres seguimos esclavas. Dígame usted qué libertad es esta que a mí me tiene prisionera de una equivocación. Mi marido es un mal hombre, y no soy yo quien lo dice: es el juez, es su propia familia, es todo el mundo. ¿Pues por qué no había yo de poder descasarme y volver a la soltería?»

—Por mí —dijo Ibero—, que vuelva usted. No me opongo.

—Poco sacamos de que usted no se oponga.

—Las Cortes, el Rey, el Papa, el Concilio de Trento, tienen que poner mano en eso para reformarlo.

—Pues ya verá usted cómo no lo reforman... Tanto hablar de libertad, y no nos traen el divorcio. Que mi padre no me oiga decir la herejía de que no tendremos una buena Constitución hasta que no traigan las reglas de descasar... y otras cosas, Señor, otras cosas que por ahora me callo, para que usted, señor de Ibero, que es tan remilgado y para poco, no se nos escandalice. En fin, vengan libertad y pobreza, que me parece a mí que andan unidas... Yo, si ustedes no se asustan y me prometen no contárselo a papá, diré que, a mi modo de ver, en tiempo del moderantismo y de la camarilla había más dinero.

—¡Qué cosas tienes, mujer! —dijo María Luisa, que no por contradecir a su hermana dejaba de gozar oyéndola—. ¿Más dinero entonces? ¿Dónde?

—En casa no; a eso no me refiero. En Madrid, quiero decir.

—No va descaminada Rafaelita —indicó una señora mayor, esposa de un compañero de oficina de Milagro, muy rolliza de carnes, y de ideas harto enjuta, pues no hablaba más que de novenas y modas, o del eterno sisar de las criadas—. Ello es que en todos los comercios se quejan. Es lo que dice Gerardo: que aquí los ricos no tienen patriotismo.

—Lo que yo sé —declaró el músico Cavallieri— es que solo en los tiempos moderados se ha sostenido aquí una buena compañía de ópera. Cuando yo salí en la Serva Padrona, ¿se acuerdan?, y cuando hice el Don Magnífico de la Cenerentola, era en lo más crudo de los tiempos ominosos, mandando el señor Cea Bermúdez.

—Hoy me ha dicho Doña Rosaura, la de la tienda de encajes —afirmó Rafaela—, que desde que han venido los libres no venden ni la mitad. Y en casa de Bárcena, hay días en que no entran en el cajón arriba de catorce reales. ¡Ya ven... una casa como aquélla...!

—El dinero —observó María Luisa—, como dice papá, no se pierde: lo que hace es ocultarse.

—Pero ya le haremos salir, ¿verdad, señor Don Gerardo? —dijo Ibero dirigiéndose a un sujeto acartonado, esposo de la no ha mucho citada señora rolliza—. En Gobernación, según oí, preparan sin fin de decretos para desarrollar la riqueza pública.

—Así es —replicó don Gerardo, hombre comedido, discreto, que se oía cuando hablaba, y no hablaba más que lo preciso; funcionario excelente, de procedencia masónica de los Tres años, que no había llorado largas cesantías, y usaba en invierno y verano levita muy larga y sombrero de copa de desmedida elevación—. Ya ve el país que el señor de Cortina no se duerme. Hombres como don Manuel son los que han de regenerarnos. Prepara reformas en todos los ramos, en minas, en policía, en caminos vecinales, y sobre todo, en Instrucción pública, que es el barómetro, ya lo saben ustedes, el barómetro de la civilización de los pueblos. Con esto, y el buen gobierno de la Hacienda y las economías, la riqueza pública y privada tomará gran desarrollo. Un buen Gobierno trae la confianza, y la confianza trae la riqueza, el curso de los capitales, la circulación del numerario...

—Esas son tonadillas, don Gerardo —dijo Rafaelita, burlándose con gracia del rígido funcionario—, tonadillas que nos cantan todos mientras tienen la sartén por el mango. Pero como al fin resulta que lo que es buen Gobierno aquí no lo hay nunca, tampoco tenemos confianza, y todo se queda en música: música de himnos, música de discursos, y en tanto el dinero no parece... que es a lo que vamos.

—No hagan caso de mi hermana —dijo María Luisa—, que ha tomado ahora este tema del dinero por pasar el rato y matar el fastidio. Rafaela varía de gustos a cada triquitraque; no es como yo, que siempre soy la misma.

—Cuando eran ustedes solteras —observó la señora rolliza— pasábamos ratos muy divertidos oyéndolas recitar versos.

—Sí... y los aprendíamos de memoria, y parecíamos cómicas; en casa no nos podían sufrir. Naturalmente, con la edad cambian los gustos. El tiempo pasa, y una se va formalizando. Vienen las necesidades, y ante la cara dura de las necesidades ya no está una de humor de poesías. Pero a mí me gustan siempre.

—A mí no —dijo Rafaela—. Hace algún tiempo les he tomado una tirria tremenda. Ellas tienen la culpa de muchas desgracias. Los poetas son los que traen los malos casamientos, la falta de verdadera libertad y la pobreza... y lo digo... y lo pruebo.

Celebraron todos con risas estos donaires de la Perita en dulce, y el señor don Gerardo se permitió defender la poesía, que adoraba por haberla cultivado sin fruto en su mocedad.

«Hace cuatro noches —dijo— tuvo María Luisa la bondad de recitar unos versos divinos... Yo me entusiasmé de tal modo, que se me saltaron las lágrimas. El señor de Ibero no estaba presente aquella noche, y como yo deseo que oiga lo que oímos, y que goce lo que gozamos, solicito de la simpática señora de Cavallieri que nos repita la función.»

¡Ay, Dios mío! ¡Qué melindres los de la señora de Cavallieri! No se acordaba... Tenía un poquito de ronquera... ¡qué compromiso! No sabía recitar sino en familia, o entre amigos muy íntimos... Le daba vergüenza.

Las súplicas de Ibero, a las que unió tímidamente su autoridad Cavallieri, no vencieron la modestia de la dama. Intervino Rafaela diciendo: «Lo que recitaste fue La gloria y el orgullo de Pepe Zorrilla. Yo lo sabía también; pero se me ha olvidado. Si lo recordara, verías qué pronto despachaba yo. No me acuerdo más que de aquel pasaje:

De un dios hechura, como Dios concibo;
Tengo aliento de estirpe soberana...»

Con tal estímulo se arrancó por fin María Luisa, y recitó la composición entera con tono y énfasis de teatro, exagerando un tanto la expresión del rostro para comunicar vida y color a cada concepto y a cada palabra. Oyéronla con religioso pasmo los presentes, fijos en el rostro bonito de la declamadora, y a medida que avanzaba, graduando la sensibilidad y el entusiasmo, se iban quedando sin aliento. Cuando llegó al pasaje culminante en que dice el poeta:

Gloria, madre feliz de la esperanza,
Mágico alcázar de dorados sueños,
Lago que ondula en eternal bonanza
Cercado de paisajes halagüeños,

Don Gerardo tuvo que llevarse el pañuelo a los ojos, y el buen Ibero, fácil a la emoción, hacía visajes, pestañeaba, componía su rostro para que no vieran llorar a un soldado rudo, ni flaquear una entereza forjada en las batallas.

XII

«No es propio de una dama —dijo Ibero a Rafaelita, otra noche, en grupo apartado de la piña de tertuliantes— mostrarse tan materialista, tan aficionada al dinero, que, según todos los filósofos, es cosa despreciable.»

—Como no he leído a ningún filósofo, no sé lo que dicen, don Santiago, ni creo que me haga falta saberlo. Todo eso de los filósofos estará escrito en latín. Cualquier día lo leo yo... En cuanto al dinero, si es cosa tan mala, yo tiraré a la calle el poquito que tengo, si los demás hacen lo mismo... Pues vería usted lo que pasaba. El dinero que los ricos tirasen lo cogerían los pobres, y volveríamos a estar lo mismo: unos con mucho, otros con nada.

—Pero usted... vamos a ver, ¿por qué se nos ha hecho tan ambiciosa? La ambición es pecado de hombres, como la modestia es la virtud de las mujeres.

—¿Que por qué soy ambiciosa? Pues porque no soy tonta ni ciega. ¡Ay!, ¿no lo entiende? ¡Qué torpe se hace usted cuando le conviene!

—Tiene usted talento.

—Puede. Si Dios me lo ha dado, ¿qué quieren que haga con él?

—Naturalmente, emplearlo.

—Es usted hermosa.

—No digo que no.

—Y no se resigna a una vida oscura.

—Dígame usted: ¿para qué nos ha dado Dios la vida?

—Para amarle y servirle, según el Catecismo.

—Con perdón del Catecismo, Dios nos ha dado la vida para que vivamos... No nos la ha dado para que nos muramos.

—Y naturalmente, usted no quiere morirse...

—Si Dios me manda una enfermedad y la muerte con ella, ¿qué remedio tengo más que conformarme?... pero lo que es de fastidio no quiero morirme.

—Ni yo tampoco: por eso vengo aquí, y viéndola a usted y gozando de su conversación, y admirando sus gracias, no sé lo que es hastío.

—Vamos, que viene usted a pasar un rato en mi compañía. Yo se lo agradezco. Algo es algo. No soy tan desgraciada como parece. Pero... verá usted lo que va a pasar. El mejor día se cansa usted, o encuentra mejor entretenimiento en otra parte, con personas de más viso, de la clase que a usted le corresponde, y adiós don Santiago. El pájaro voló de esta casa, huyendo de la pobreza.

—Se equivoca usted, amiga mía. Soy muy constante, y si no tuviera esa virtud, los méritos de usted me la darían.

—Fíjese usted en lo que dice.

—Sé lo que digo. No sabe usted lo que vale, Rafaela, ni la atracción que ejerce.

—Mire, don Santiago, que eso que me dice es muy grave, y que podría yo tomarlo por declaración... volcánica.

—¿Y qué?

—Que si usted se empeñara en declararse, yo tendría que decirle que soy casada.

—¿Y qué más?

—¿Le parece poco? También podría darme la ventolera de admitirle... Con la condición de ser ¡ay!, sumamente platónico.

—A eso iba, a que seamos... ¡terriblemente platónicos!

—Hable usted bajito. Mire que estamos llamando la atención. Mi hermana me mira.

En esto entró don José con la cara muy larga, afectando seriedad y mordiéndose los labios para contener la risa. Era la cara de las buenas noticias, que sus hijas conocían muy bien, y en cuanto le vieron se lanzaron hacia él, cogiéndole cada una por un brazo. «¿Qué hay, papá? ¿Eres ya jefe político?»

—¿Jefe político? ¡Qué cosas tenéis! ¿De dónde habéis sacado el disparate de que vuestro pobre padre fuese mandarín de una provincia?

Con estas denegaciones festivas preparaba siempre el buen hombre sus anuncios de felicidades. Don Gerardo se abalanzó a estrecharle la mano, diciéndole: «No martirices a tus hijas, Pepe, y dales pronto el alegrón... Ya lo supe esta mañana; pero no he querido decir nada por no quitarte el gusto de las albricias.»

—Mil enhorabuenas a usted, mi queridísimo don José —le dijo Ibero abrazándole con efusión—, y otras tantas a don Manuel Cortina por un nombramiento que le honra. ¡Viva el Gobierno! Así se regeneran las naciones, así, llevando la probidad y la inteligencia a los puestos de peligro...

—Y recompensando a los buenos liberales.

—A los probados, a los consecuentes.

—¿Y qué provincia al fin?

—La que yo quería. ¡Pues hemos bregado poco por ella, en gracia de Dios! —dijo don José paseándose por la salita, como si padeciese un delirio de actividad—. Querían mandarme a Lérida. Se han convencido de que para mejor servicio de la situación y de la libertad debo ir a la Mancha. Ciudad Real es mi ínsula, y los compatriotas de Sancho mis súbditos. Buena gente, según me han dicho; país sano; excelente carne de cabra, y a veces de carnero... Su capital goza fama de sucia y villanesca; pero la mejoraremos, introduciendo los adelantos. Los moderados han tenido al país aquel en un abandono lamentable... ¡Ya se ve!... Son gente que no gobierna, que no instruye a los pueblos, que no les inculca la civilización...

—No te olvides, Pepe —díjole don Gerardo con una gravedad administrativa que fue la admiración de todos—, de llevar allá la Memoria y estudios de los Pozos artesianos...

—¡Vaya si los llevaré!... Con planos y presupuesto.

—Como allí entren por ese adelanto, a la vuelta de un par de lustros todo el páramo manchego será un vergel magnífico.

—Y la cosa es sencillísima... Figurémonos un tubo... varios tubos que se van hincando en la tierra... hasta llegar a la capa húmeda... y una vez en ella, frrrrr... Sale el agua con un chorro que da gusto. Me ocuparé de eso, procuraré hacer un ensayo a poco de mi llegada, para lo cual me llevaré tubos en cantidad suficiente... Allí tenemos un ingeniero muy listo, que ha estado en Francia... Tengo tiempo de prepararme aquí para la implantación del artesianismo, porque no puedo irme antes de diez o doce días. Sobre que no me ha concluido el sastre los trapitos de gobernar, Carrasco quiere que le espere aquí, para celebrar con él y con el ministro, quizás con Espartero, un par de conferencias. ¿Conviene o no conviene que al Parlamento, que ha de elegir la Regencia, vengan hombres de probado amor al progresismo, hombres de arraigo, hombres de circunstancias...? Pues no tengo más que decir. Bruno estará en Madrid dentro de pocos días, pues en su última carta me dice que activaba la venta de sus cosechas de vino y pan, que ya tenía ultimados los arrendamientos de sus propiedades, y se ocupaba en el levantamiento de casa y transporte de toda la familia.

Tratose luego de si don José llevaría consigo a los hijos menores, o a su hija Rafaela, para que en las soledades de la ínsula le cuidase; pero esta idea fue pronto desechada por la resistencia ingeniosa que la Perita en dulce opuso al proyecto paternal. Érale forzoso permanecer en Madrid, a la mira de los incidentes del pleito que había de entablar reclamando alimentos. No se reiría de ella, no, el bribón de su marido. En cuanto a los muchachos, mejor seguirían sus estudios en Madrid que en la Mancha, y el papá, sin la incumbencia de cuidarles y vigilar su educación, podría dedicarse en cuerpo y alma al gobierno político y a la grande innovación de los pozos. Apoyó María Luisa el sesudo dictamen de su hermana, sosteniendo que el gasto sería menor permaneciendo en Madrid toda la familia y don José solito en su Barataria, donde viviría como un príncipe, casi de balde, pues había que contar con regalos de comestibles y con el servicio de ordenanzas. Del mismo parecer fue don Gerardo, que por triste experiencia conocía los dispendios y molestias de cargar con familia cuando se iba destinado a provincias, y en apoyo de su aserto expresó la contingencia de que, efectuadas las elecciones, fuese trasladado don José a un mando de primera clase. Por gusto de hacer coro, Ibero sostuvo la misma opinión.

Toda la noche, hasta la avanzada hora en que terminó la tertulia, estuvo el buen Milagro dándose un tono fenomenal, ora llevando a gloriosa regeneración los graves asuntos nacionales, ora los manchegos. Las esperanzas optimistas, los risueños programas, afluían de su boca como un fresco manantial inagotable que fecundando toda la tierra, la poblaba de venturas. Las extensas plantaciones de arbolado darían a la Mancha frescura y sombra, y la desecación de las lagunas de Ruidera aumentaría en muchos miles de fanegas los terrenos laborables. Con una administración proba y activa y unos cuantos toques de Gaceta, el país de don Quijote sería un edén, y vendrían en tropel a establecerse en él los extranjeros, cargados de capitales; y el día en que Inglaterra y Francia probaran el valdepeñas, adiós Burdeos y toda la porquería de vinos de la Gironda. Retiradas las visitas, reiterando los plácemes, entregose la familia al descanso, y se adormecieron grandes y chicos en rosados ensueños de gloria. No podía María Luisa apartar de su mente los versos

> No baste a mi placer la inmensa copa
> Del báquico festín, libre y sonoro,
> De esclavos viles la menguada tropa
> Sin las llaves de espléndido tesoro,

y dormida los recitaba con la misma entonación de teatro y el propio juego de ojos y boca. Rafaela no concilió fácilmente el sueño, rehaciendo en su mente los últimos coloquios con Santiago, el cual le agradaba en extremo por su condición blanda, dentro de la superficial fiereza militar; por su corazón sano y potente, sin picardía; por su poco mundo y el candor honrado con que juzgaba de cosas y personas.

En la tarde que siguió a los sucesos referidos, Rafaela cogió por su cuenta al coronel, y sin cuidarse de la presencia de su hermana que cosía la ropa de los niños, le trasteó con gran maestría.

«¡Qué lástima, amigo Ibero, que se haya concluido la guerra!»

—¿Y qué razón hay, señora Perita, para que usted no se crea dichosa en la paz que disfrutamos?

—Porque si tuviéramos guerra todavía, usted, tan valiente y pundonoroso, sería muy pronto general.

—Más quiero la paz que cien fajas; puede usted creérmelo.

—Pues yo no pienso lo mismo. Porque usted se pusiera dos entorchados, por lo menos, vería yo con gusto una tremolina muy gorda.

—Agradezco el buen deseo por lo que a mí se refiere; pero tengo que decir que es usted muy inhumana.

—Diga usted lo que quiera; pero yo pienso que con las guerras, aunque sean civiles, las naciones crían callo y se hacen más fuertes... Y qué sé yo... Me parece a mí que las peleas encarnizadas ilustran, quiero decir que despabilan a la gente. En fin, si es disparate que lo sea. Lo que usted no me negará es que con las guerras se aumenta el dinero.

—¡Anda, morena! Si la guerra, señora mía, es la paralización, la ruina del comercio, de la industria...

—Ya pareció el estribillo... A mí no me venga usted con estribillos, don Santiago, si no quiere que le tenga por tonto. ¡Paralización! ¡Vaya una música! Bien a la vista está que concluida la guerra salen por ahí hombres riquísimos que antes eran pobres. ¿Usted no ha oído hablar de uno que hace años, no sé cuántos años, iba vendiendo paja con una reata de tres mulas? Pues ahí le tiene usted hecho un caballero millonario, que de algo le ha valido el suministrar a los ejércitos tanta paja y cebada. ¿Y qué me dice de los maragatos que antes venían aquí con sus cargas de trigo de Castilla, y después, llevando víveres al ejército, o haciendo que los llevaban, se han forrado de dinero? Mi padre conoció a uno que vendía por las calles piezas de lienzo, y ahora revuelve con pala los montones de onzas. En pocos años de guerra ha salido de pobre. Pues eso quiere decir que con la guerra hay más hombres ricos que antes, y que estos, si mucho tienen, mucho han de gastar... O lo gastarán sus hijos, sus mujeres... Sabe Dios quién se encargará de dar aire al dinero.

—En todo eso que se cuenta, crea usted que hay mucho de leyenda o fábula.

—Pues mi padre, hombre que lo entiende, nos decía: «hay más de cuatro que desean la continuación de la campaña, porque con ella se están cubriendo el riñón.»

—Esos pesimismos de don José eran el desahogo natural de las tristezas de la cesantía. Vea usted cómo ahora no lo dice.

—Bueno: ya veremos quién tiene razón, si usted, que es un ángel, o yo, que, aunque me esté mal el decirlo, soy más lista que usted, y no se ofenda. No ha de pasar mucho tiempo sin que vea usted construir en Madrid casas magníficas... Me lo ha dicho quien lo sabe... Casas como no se han conocido aquí nunca, con portales al modo de palacio, y comodidades por dentro y decorado muy bonito. ¿Y usted no sabe que a esta fecha están llegando de París todos los días modistas que traen la última novedad, y además una caterva de perfumistas, camiseros, estufistas? ¿Pues esos a qué vienen sino al olor del dinero que ahora saldrá? ¿Cree usted que vienen por la libertad? ¡Ay qué simple!

—Es el resultado de los adelantos, Rafaela.

—¿Y usted no ha oído decir que van a poner en Madrid una cosa que se llama el gas, para alumbrar toditas las calles?

—Sí, sí; y también se habla de caminos de hierro para ir de aquí a Aranjuez en dos o tres horas. Pero eso no es porque hayamos tenido guerra civil.

—Es porque ahora hay ricos y antes no los había —prosiguió la Perita con gracia—, es porque nos hemos despabilado con la sacudida de las guerras. Pues otra: ¿y qué me cuenta de los ricos nuevos que van a salir, de todos esos que están comprando por un pedazo de pan las tierras y casas que fueron de frailes? ¿Y los que afanaron, como dice papá, el papel de Deuda que tenían las monjas? Vamos, que habrá cada millonario que meta miedo, y eso, eso es lo que conviene. La grandeza tiene cada día menos dinero, así lo cuenta don Gerardo, que entiende de estas cosas. Pero ya le oyó usted anoche: ahora va a salir otra grandeza nueva, la de los que vendieron paja y después compraron dehesas de frailes; la de los que daban de comer a las tropas, y luego establecerán los adelantos, haciendo caminos nuevos y poniendo máquinas para todo... qué sé yo, cosas muy buenas. El cuento es que haya dinero y que corra.

—Vamos, que es usted una materialista tremenda —dijo Ibero, que a medida que la Perita se metalizaba la veía más graciosa y dulce. Sus atractivos no despertaban en él un afecto puro, sino más bien curiosidad ardiente, como un deseo de conocer a fondo aquel carácter extraño, y de ver hasta dónde llegaba el vuelo de sus ideas atrevidas.

—Me han hecho materialista mis desgracias —replicó Rafaela mirando un trazado ideal que con el dedo hacía en el tapete de la mesa— y la necesidad en que me veo de abrirme sola los caminos de la vida... También me hace materialista el que no me siento yo... ¿cómo decirlo?... De manera de pobre... Cosa rara, ¿verdad?, pues en la pobreza nos hemos criado. La pobreza es cosa muy mala, y hay que huir de ella sin faltar a la decencia.

—Ahora comprendo por qué le son simpáticas las guerras y desea que se repitan.

—¿Por qué?

—Porque en una nueva guerra podría perecer Piquero, víctima de su arrojo. Usted se quedaría libre y en disposición de arreglarse mejor con otro.

—¿Con otro marido? Falta que lo encontrara como yo me lo merezco.

—Yo sé de algunos que se determinarían... Corriendo el riesgo de que usted les volviera locos.

—Veo que me está tomando miedo por esto del materialismo. Yo lo conozco en que ya no me hace declaraciones.

—¿Es que quiere que las repita? Ya me he cansado de hacerlas inútilmente.

—Porque usted, por otro lado, es también de un materialismo que da miedo. No es fácil que nos entendamos.

—Porque usted me pide como medida previa que la divorcie, y yo lo haré con mucho gusto el día en que me nombren Papa.

—Lo que hay es que usted quiere que toquen a divorciar, como mandaría tocar fajina.

—Diga usted de una vez que no soy su salvador, su libertador, y así habremos acabado.

—No digo eso, y bien podría decir todo lo contrario... ¿Ve usted?, ya está lleno de fatuidad, porque esto que he dicho, casi sin pensarlo, lo toma el señor don Santiago a declaración.

—Claro; como que lo es.

—Silencio: viene mi hermana.

—Y me temo que venga también Cavallieri a cantarnos el aria que acaba de componer.

—Para que se convenza usted de que aquí no podemos hablar.

—Imposible que hablemos aquí con libertad; ya lo he dicho.

—Yo he sido quien primero lo dijo.

—Y yo quien propuse que buscáramos otro sitio donde...

—Si no fuera usted tan pillo, desde luego.

—Basta de melindres. ¿Mañana...?

—¿Dónde?

—Un paseíto y nada más.

—¿A qué hora?... ¡Chitón!... Luego veremos.

XIII

Cómo pasó Ibero por suave pendiente desde las alturas del amoroso ideal caballeresco a una liviandad caprichosa y pasajera, lo comprenderá quien considere su soledad triste, su juventud misma vigorosa y la fuerza de los hábitos militares en tiempo de paz, y a veces de guerra. Emprendió, pues, la fácil aventura, manteniendo en su espíritu con secreto culto la fe del amor verdadero, sin que le costase muy grande esfuerzo establecer la distinción, el deslinde de campos, conforme a las ideas vigentes en nuestra edad y a la imperfecta educación moral y religiosa del hombre del siglo. Trazada la raya entre lo accidental y lo permanente, entre la superfluidad de unos días y el deber de siempre, se divirtió el hombre todo lo que pudo, con no poca ventaja de su espíritu y de sus nervios, porque en verdad se hallaba necesitado de esparcimiento y también de variedad en su monótona existencia de caballero soñador. No se tome por giro retórico esto de la fidelidad que a su ideal señora conservaba, y adviertan los que le critiquen que se pasaba la vida sin verla más que en figuración de la mente. Cualquiera sale indemne de semejante prueba.

Lo más gracioso del caso fue que con los deslices del señor coronel coincidieron las buenas noticias de La Guardia, y ello hubo de producirle alguna inquietud de conciencia, no mucha, y bastante confusión en los pensamientos, porque era en verdad cosa muy peregrina que el destino le recompensara sus traioncillas con esperanzas en lo que más amaba. No por este contrasentido se despertaron sus hábitos mentales de superstición, ni aquella manía de ver en todos los objetos signos de felicidad o ventura. Por el contrario, la distracción, el contento que recibía de aquella forma de vida, siquiera no fuese un contento integral, pleno y comprensivo de todo el ser, le aliviaron de sus murrias, haciéndole olvidar las aberraciones que sufrió en Valencia, donde a punto estuvo de practicar la quiromancia y otras artes diabólicas. Similia similibus: un diablo bonito le había sacado del cuerpo los feos diablos; al propio tiempo se divertía, se recreaba, como quien espacia su ánimo admirando las hermosuras de la Naturaleza, y además aprendía, pues seguramente aquellos fugaces amores eran muy instructivos, ¿quién podía dudarlo? El carácter de Rafaela, que iba observando día por día, viéndolo manifestarse en mil accidentes y ocasiones, le producía la satisfacción del que adquiere conocimientos, del que descubre mundos, aunque sean áridos; del que viaja y ve panoramas bellos, lugares donde no ha de vivir, pero que contempla y examina para poder describirlos.

¡Y que no tenía poco que estudiar la dichosa Perita en dulce! Si al descubrirla en la casa paterna la tuvo el militar por una pizpireta de mucho cuidado, luego, en el trato íntimo, pensó que se había quedado corto en la opinión que formara de sus hechiceras malicias. Si al principio se dejó coger en el sentimentalismo que con supremo arte tendía Rafaela como una suave y fina red para cazar a los tiernos de corazón, pronto supo escabullirse rompiendo las mallas. Cualidades extraordinarias desplegaba la hija de Milagro en la seducción; era en ella un don nativo, y así como conocía, sin que nadie se las enseñara, las artes del adorno y de la elegancia, sabía emplear mil sutilezas para establecer su dominio. La dulzura, los alardes de puntillosa estimación de sí misma, el llanto, la risa, la seriedad o el abandono, los admirables métodos de disimulo que empleaba para revestir de decencia su liviandad, y evitar el escándalo, todo era de una admirable falsificación psicológica, imitando sabiamente la verdad. Pero en nada se revelaba su inspirado histrionismo como en los superiores artificios para inspirar lástima, haciendo una pintura muy patética de su situación social, ni casada ni viuda, queriendo ser buena y no pudiendo conseguirlo, incapacitada por ley de su naturaleza para ser vulgar. Habíala hecho Dios para un fin, y si a él no se dirigía, era porque el mismo Dios le cortaba los caminos, como arrepentido de su obra.

Con todas estas artimañas estuvo a dos dedos del peligro el valiente Ibero, y por espacio de una semana se vio el hombre aturdido, sintiendo que algo profundo, negro y aterrador, como una sima sin fondo, ante sus ojos se abría. Tuvo la suerte o la entereza de contar los pasos que le faltaban para llegar al borde, y se propuso atajar vigorosamente su carrera, valiéndole de mucho para conseguirlo la serenidad con que fijó el pensamiento en la ideal señora de La Guardia, pidiéndole con mental invocación que en aquel trance le socorriese.

Dígase ahora, para componer el buen orden de los sucesos, que Milagro no había podido detener su viaje a la ínsula manchega tanto como quería:

apremiado por el señor ministro para ponerse en camino, partió antes de que don Bruno Carrasco abandonase el terruño. Allá conferenciaron días y noches cuanto les dio la gana y exigía el grave negocio de la elección; y dejando el manchego bien preparados los trastos caciquiles, y arreglado lo tocante a sus haciendas en los pueblos de Peralvillo y Torralba de Calatrava, cargó con toda la familia y se vino a Madrid, pensando en la falta que haría en la Corte su presencia para deshacer tantos agravios entre pueblo y Monarquía, y resolver tanto litigio hispánico, ultramarino y europeo.

Cuando el manchego y su gente llegaron a Madrid, medio derrengados todos del traqueteo de la infame galera, ya habían pasado muchos días, lo menos veinte, del enredillo de Ibero con la hija del jefe político; mas tan sutil era el arte de Rafaela para rendir el debido homenaje al formalismo de una sociedad dominada por la etiqueta religiosa y moral, que los allegados a la familia no tenían de aquel lío conocimiento. Siempre encontraban a la Perita en casa, por las noches, con rarísimas excepciones, tan simpática, graciosa y elegantita con cuatro pingos muy bien puestos, haciendo la víctima interesante y encantando a todos con su sencillez y modestia. Los amigos de Ibero sí que lo sabían; pero estaban en esfera tan distante de la casa y relaciones de Milagro, que la opinión respecto a Rafaela no había podido variar todavía. En el ámbito de Madrid, que es lugar grande, pero lugar al fin, corrían ya malignas especies; mas la murmuración andaba todavía muy desorientada, y como toda ruindad de pensamiento tiende aquí a envilecerse más y más revistiéndose de ruindad política, los comentaristas, que veían a Rafaela vestida de seda, dijeron: «¡Cómo le luce la jefatura política a ese buey cansino de Milagro!... ¡Y decían que era ciego! Pues si llega a ver el hombre, ¡pobre Mancha! Se trae para su casa hasta la langosta.» Quedaba el recurso de menospreciar estas malicias con la muletilla: «Cosas de los moderados.»

Una vez lanzado a la irregularidad, fácilmente recayó Ibero en otros vicios muy propios de la vida militar, y de los ocios de la guarnición en tiempo de paz. Por distraerse dejábase llevar de la corriente licenciosa de sus compañeros y amigos. En la calle de la Aduana tenían una timba, exclusivamente para militares, algo como casino o cuartón, que había sido logia en tiempos no lejanos, y en el callejón de Sevilla había otro asilo de esta clase para pasar las noches, no menos corrupto, pero más divertido: el local era más bonito y casi lujoso, y en él no reinaba solo el naipe, sino la galantería, si este nombre puede darse al trato de mozas guapas: no puede negarse que la disipación era allí más amena. A uno y otro sitio concurría Santiago, y anegaba en el azar su hastío, con tan mala sombra que al poco tiempo tuvo necesidad de pedir dinero a su familia para salir de compromisos. Por dicha suya, era su carácter de los que, poseyendo lo que hoy llamaríamos freno automático, saben contenerse en el filo de la perdición, y esta entereza, que le había salvado en el caso de Rafaelita, le salvó asimismo en los desórdenes del juego.

Ya que se ha nombrado a la Milagro (así solían nombrarla ya), sépase que Ibero no se habría desprendido tan pronto de sus redes si a ello no le ayudara un amigo, llamado Manuel Catalá, comandante de Caballería con grado de teniente coronel, valenciano, de buena presencia, muy corrido en lances amorosos. En aquella ocasión las cosas vinieron rodadas del modo más feliz para don Santiago, pues Catalá quiso jugar una mala partida a su compañero, quitándole su hembra; hizo a ésta la corte ganoso de alcanzar una victoria; aprovechó el otro la ocasión con seguro instinto, haciendo una retirada hábil, y Catalá se encontró dueño del campo creyendo deber tan fácil triunfo a sus propios méritos. Gozoso de su liberación, hizo Ibero el papel de sentirse herido en su amor propio; mas este fingimiento no fue de larga dura, pues no tardó el valenciano en comprender que había sido estratégica la sustitución. Por su desgracia fue cogido muy estrechamente en la red y ya no tenía escape: el arte sentimental de Rafaelita hizo su efecto, y el comandante se prendó de ella con pasión tan viva y ardiente, que allí fenecieron sus vanaglorias de conquistador y empezaron sus martirios de conquistado.

La nube de rivalidad entre Ibero y Catalá se disipó bien pronto, pues el uno supo sostener su papel con dignidad y el otro no hizo alarde de vencedor; volvieron a ser amigos; no dejó de serlo Santiago de Rafaelita, y siempre que la veía en su casa o en la calle le hablaba en tonos de protección fraternal, recomendándole aplicara enérgicos emolientes a la llaga lastimosa de su materialismo. Entre el defecto capital de Rafaela y la pasión cada día más loca de Catalá, hubo de entablarse colosal lucha, y esta trajo conflictos graves, estallidos de ira, dolor intenso, riñas y reconciliaciones en que uno y otro ponían el fuego de sus almas. A tal extremo llegó la desesperación de Catalá algunos días, que hubo de recurrir a Ibero solicitando su amistosa mediación: «Chico —le dijo, echando lumbre por los ojos, balbuciente y trémulo—, soy hombre perdido: ni puedo consentirle sus infamias, ni puedo dejar de quererla. ¡Ya ves, yo, tan corrido, tan dueño de mí en otros lances de mujeres! Pues aquí me tienes loco, niño, imbécil; no sé qué soy. Creo lo que nunca hubiera creído, que se dan y se toman filtros o venenos para enloquecer. Yo no me conozco. Antes de dos días haré lo único que cabe para poner fin a esta situación: la mato y me mato. He comprado dos pistolas muy seguras y las tengo bien cargadas... Porque no me quiere la mato a ella; porque la adoro me mato yo.»

Esto dijo en la calle con frase entrecortada, sin añadir explicaciones que permitieran a Santiago formar juicio exacto de los motivos de la inminente tragedia; pero luego, solos en el cuarto de banderas del cuartel del conde duque, dio suelta el lastimado amante a sus agravios, refiriendo al coronel cosas que le afligieron y abrumaron en extremo, pues si no amaba a Rafaela, no gustaba de verla tan despeñada por la pendiente del mal.

XIV

Sin pérdida de tiempo trató Ibero de ver a Rafaela en su casa, decidido a hablarle severamente; pero encontrose con un obstáculo formidable, porque, habiendo llegado aquel día don Bruno con todo su rebaño, las hijas de Milagro se consagraban con alma y vida a la instalación de la familia manchega. Se les había tomado el principal de la misma casa; mas como no estaba aún pertrechado de camas, se les daba vivienda provisional y comida en la casa de Milagro, para lo cual no hubo más remedio que poner colchones en el suelo y arreglarse todos como Dios quisiera. La casa era una Babel, y los chicos manchegos y matritenses, enredando juntos, producían un estruendo insoportable. Atendían Rafaela y María Luisa, multiplicándose, al menester de preparar comistraje para tantas bocas, y las viajeras, hijas y señora de Carrasco, descoyuntadas y muertas de fatiga, dormitaban en sofás y sillones, mientras Don Bruno y Cavallieri se ocupaban en clavar escarpias en las paredes del nuevo domicilio, y en abrir baúles y colgar perchas. Vio Santiago que no era ocasión para lo que se proponía, y se fue, no sin anunciar a Rafaela que se preparase para una buena reprimenda.

A primera hora de la noche se fue Ibero a pasar un rato en casa de don Antonio González, con quien había contraído amistad recientemente, por Seoane. ¡Cuánto mejor aquella sociedad que los garitos en que se había dejado su dinero y su decoro! Diríase que en las moradas de cierto tono a que por entonces concurría, restauraba su personalidad, medio deshecha en la borrascosa vida del vicio. El único inconveniente de los salones era que en ellos se hablaba demasiado de política, hasta el punto de producir mareo y confusión en los que como él tenían ideas fijas, que apenas admitían controversia. Pero esta dificultad se obviaba dejándose llevar de la corriente general, y no haciendo gala de un radicalismo chocante en las opiniones. En casa de González jugaba sus tresillos con Sartorius y con la señora de Seoane, o con Beltrán de Lis y el brigadier Latre; de allí solía irse al café Nuevo, donde encontraba a Espronceda, a veces a González Bravo y a los Escosuras. De la primera tertulia sacaba la impresión de que todo iba como una seda: vendrían unas Cortes elegidas con libertad, representación genuina del Progreso, que era la voluntad del país; se elegiría la Regencia, una o trina, y entraríamos en un periodo de bienandanzas y prosperidad. De la segunda reunión, ahumada por los cigarros, sacaba impresiones contrarias: íbamos a un cataclismo si no venía pronto el gobierno del pueblo por el pueblo, la verdadera igualdad, la supresión de monigotes y de ficciones ridículas. ¿Qué saldría del cataclismo? Pues la regeneración grande y sólida, un Estado potente, costumbres europeas y una civilización de nueva planta. Retirábase Ibero a dormir, procurando conciliar en su mente unas opiniones con otras, estas y aquellas esperanzas, y en su tarea de imposible conciliación, dando vueltas al endiablado problema, concluía por anegar sus ideas en el sueño.

Volvió a casa de Milagro a la hora del siguiente día que le pareció más oportuna; pero Rafaela estaba ausente, pues había tenido que ir de compras con la señora de Carrasco para proveer a lo más apremiante en cosas de vestimenta. María Luisa también revoloteaba por tiendas de telas y comestibles. Ya se iba el hombre, huyendo de las arias mortíferas de Cavallieri, cuando le cogió por su cuenta el señor de Carrasco, que no quería soltarle a dos tirones, y le invitó a comer, para que probara los chorizos, hechos en casa, que había traído de su pueblo, cosa excelente sobre toda ponderación, y las perdices escabechadas y el mostillo.

¿Qué debía de hacer Ibero más que quedarse, cediendo a los agasajos y carantoñas del buen Carrasco? Su aquiescencia le deparó el gusto de conocer a la noble familia, transportada como una tribu desde las soledades manchegas al bullicio de la Corte. Doña Leandra Quijada, esposa de don Bruno, era una señora flaca, más que vieja envejecida, muy descuidada de su persona, llena de arrugas la faz, los ojos lacrimosos, áspero el cabello entrecano y partido en bandós aplastados sobre la frente y sienes. Estaba la pobre mujer atontada, en una estupefacción triste, como quien no se da cuenta de lo que pasa ni entiende lo que oye. El ruido, la mucha gente que iba por las calles, el paso continuo de coches, la altura de las casas, los gritos de los vendedores, todo cuanto veía y escuchaba, le había infundido más terror que asombro. Su anhelo era huir de este barullo, volviéndose al sosiego de donde había venido; pero la timidez no le permitía manifestar su tristeza y miedo más que con suspiros. Su vestido, totalmente negro, de lana, y el pañuelo del mismo color anudado bajo la barba, dábanle aspecto lúgubre. Hablaba poco, respondía con urbanidad concisa a cuanto Ibero le preguntaba del viaje y de sus primeras impresiones en Madrid, y cuando nada le decían tomaba una actitud meditabunda, cogiéndose la barba y fijando los ojos en el suelo.

Nacida en Peralvillo, casada con don Bruno en Torralba de Calatrava, de donde no había salido más que una vez para visitar a sus primas en la ciudad de Almagro; hecha desde muy niña a la vida de propietaria rica, a los espectáculos de la Naturaleza y a las faenas de la labranza; formado su carácter en una sociedad de cariz feudal, en la cual se pasaban los años viendo pocas y siempre las mismas caras; acostumbrados sus ojos a la horizontalidad expansiva de su tierra, su oído al silencio campestre, su vida a las casonas grandísimas, no podía menos de sentir, traspasados ya los cincuenta, el brusco salto de aquel medio a otro tan distinto. La casa en que había venido a parar le pareció un gallinero, un palomar, algo peor y más estrecho aún; las personas que aquí veía le hicieron efecto de estar locas o borrachas. Hablaban para ella tan aprisa, que comúnmente no entendía palotada. Ni era el lenguaje de Madrid como el de allá. En su tierra se hablaba más fuerte y con tono más reposado, y las palabras sonaban con más pompa. Las primeras comidas que probó le supieron a broza desabrida, insustancial. ¡Qué chocolate! ¡Y el caldo qué insípido! El pan no alimentaba ni tenía gusto. Se aterró cuando le dijeron lo que en Madrid costaban dos palominos, un cabrito o una docena de huevos. Sin duda en Madrid no vivían más que ricachones. Y toda aquella gente que veía por las calles, ¿qué gente era, en qué se ocupaba, a dónde iba?

Compadecido Ibero de la buena señora, y deplorando lo violento del trasplante, procuró consolarla con la esperanza de un próximo cambio de hábitos y gustos. «Verá usted —le dijo— qué pronto se hace a esta vida, y cómo acaba por encontrarla mejor, más cómoda y placentera que la de Torralba de Calatrava. Madrid es un pueblo en el cual se aclimatan fácilmente los españoles de todas castas y terruños. Comprendo que le costaría un gran esfuerzo arrancarse de su concha... La cosa es dura, lo veo; sé lo que es una casa donde han vivido tres o cuatro generaciones de nuestra sangre, una cocina que huele a las carnes ahumadas de un siglo, de dos... Sé lo que es una tierra propia, un árbol que ya era grande cuando nacimos, un burro que nos mira diciendo: «yo también soy de la familia...»

Doña Leandra echó media docena de suspiros, y sin abandonar su actitud de melancólica resignación, dijo: «Sí que me dolió el arrancarme, señor; pero Bruno lo quiso, y yo... La verdad, al principio no me entraba en el pensamiento la idea de venir. Yo quería meterla, y ella... No entraba. Pero Bruno decía que nos desterráramos, porque así nos convenía, y por dar carrera a los hijos, y yo... todo lo que Bruno quiera se hace, cueste lo que cueste...»

Calló, y sus ojos húmedos volvieron a mirar al suelo.

Componíase la familia de Carrasco de los mismos elementos que la de don José: dos hijas mayores y dos chicos pequeños, entre los ocho y los doce años. Solteras eran las muchachas, de la misma edad, próximamente, que María Luisa y Rafaela, pero de tipo, casta y educación muy diferentes. Ambas eran negruchas, desgarbadas, desapacibles. A la primera ojeada que Ibero echó sobre ellas las diputó por feas; observándolas mejor y aseándolas mentalmente; suponiéndolas despojadas de los horrorosos vestidos de pueblo y trajeadas a estilo de Madrid, vio que eran susceptibles de una mejora radical en su cariz y facha. En principio, no pertenecían al odioso reino de la fealdad; pero mucho había que desbrozar en ellas para obtener dos mujeres bonitas.

A la mayor, bautizada Leandra, por su madre, la llamaba su padre Lea, para evitar el inconveniente de la igualdad de nombre en dos personas de la familia. Eufrasia era la segunda, y los chicos Bruno y Mateo. No fue tan penoso como el de la madre el trasplante de las dos señoritas, por razón de la edad, por la ilusión de ver Madrid y de afinarse y embellecerse. Con todo, a su llegada no podían vencer el azoramiento y confusión, que era la conciencia de su inferioridad. Hablaban muy poco, temerosas de decir algún disparate, o de pronunciar algún término que pareciese ridículo a la gente de Madrid. Apenas echaron la primera ojeada por las calles, comprendieron que venían hechas unos adefesios, y que ningún pingo de los que habían traído de su lugar les servía para lucirse en la coronada villa. Miraban a María Luisa y a Rafaela con arrobamiento, asombradas del lindo talle de la segunda, del aire garboso de la primera, a pesar de su embarazo de cinco meses; admiraban su ropa, su aire de soltura y elegancia, los andares, el habla fácil y descarada con airosas cadencias, la gracia del reír, y la movilidad de expresión en sus bellas facciones. Las pobrecitas Eufrasia y Lea habían recibido la mejor educación posible en las soledades manchegas. Un preceptor muy hábil les había enseñado a escribir con letra española de casta de archivo, redonda, y ponían una carta con bastante primor. Sus lecturas habían sido escasas; sus labores, la costura casera y puntilla de Almagro. De conocimientos generales andaban medianas, porque el preceptor no daba de sí más que la aritmética elemental, una geografía y una gramática primitivas. Avergonzadas reconocían las dos muchachas su rusticidad, al llegar a Madrid, comparándose con María Luisa y Rafaela, que, por lo que hablaban y las cosas lindísimas que decían en su conversación, debían de ser unas sabias de tomo y lomo.

Traían a Madrid las hijas de Carrasco las virtudes castizas en grado eminente: la fe religiosa, el sentimiento del honor y la dignidad, el culto de la opinión y el respetuoso amor a los padres, a quienes daban el tratamiento de su merced, conforme a la tradicional costumbre manchega. En los pequeñuelos, la adaptación fue repentina, pues apenas se juntaron con los chicos de Milagro, hiciéronse todos unos; se asimilaban cuanto en sus amiguitos hallaron de novedad en habla y modos, y no querían más que estar siempre en la calle viendo cosas, y saltando y brincando con libertad y alegría.

Cuando Rafaela y María Luisa se encontraban solas, hacían apreciaciones reservadas de la familia Carrasco, que conviene consignar. «Es buena gente —decía la Perita en dulce—; corazones muy sanos, con toda la honradez que da la vida de pueblo; pero trabajo les ha de costar desasnarse. La pobre Doña Leandra me parece que ha venido tarde para rasparse la corteza. De Lea y Eufrasia no digo lo mismo, y como son mozas, aprenderán pronto la civilización. ¡Mira que vienen salvajes las pobres! ¡Qué cuerpos, qué talles y qué manera de vestirse! Si bien se las mira, mal formadas no son; pero con aquellos justillos y aquellas faldas son verdaderos espantajos. También te digo que no tienen un pelo de tontas: anoche hablé largo rato con Eufrasia, y si vieras cómo se suelta... Estas paletas lo que tienen es mucha hipocresía.»

—Ya verás cómo se transforman en poco tiempo —dijo María Luisa—. Son mujeres, y eso basta. El problema es que aprendan a lavarse, que no hay costumbre más difícil de quitar que la del desaseo. Luego vendrá el vestirse bien. Lea no ha cesado de hacerme preguntas: quién nos hace los vestidos; lo que cuesta una buena modista; cómo se estilan ahora los cuerpos. Yo, que no me paro en barras y me intereso por ellas, ¡pobrecillas!, le dije: «Mira, Lea: lo primero es que tires a la basura todos los pingos del pueblo, los cuales dan el quién vive con el olor ovejuno.» ¿No has reparado que traen también pegado a la ropa un tufo de cominos, de anís o no sé qué?... En fin, dinero no les falta. Doña Leandra no se desprende de un pellejo, a modo de vejiga, que parece lleno de onzas. Querrán vestirse, y hemos de procurar presentarlas como personas ricas de provincias, que vienen a Madrid a ocupar una posición, y quizás a figurar más de lo que ahora parece.

—Ha dicho don Gerardo que don Bruno es de madera de ministros... ¡Mira que si nos le hicieran ministro!...

—Eso me parece mucho. Pero de que viene diputado no tengas duda, que allí está papá, lanza en ristre, para sacarle por encima de todo. Y una vez diputado, sabe Dios lo que le harán.

—Eufrasia y Lea tienen de su padre una idea que ya ya... Creen... Así me lo ha dicho Lea, que Espartero y don Bruno se pasean del brazo, y que Cortina le consulta todo lo que hace. Así se contaba en Torralba de Calatrava y en Peralvillo.

—No me parece disparatado que a don Bruno le den la poltrona —dijo María Luisa con segura dialéctica—. Mira lo que son otros, de dónde han salido, y compara. Cierto que no sabe lo que papá. Papá sí que es de madera de ministros. Yo siempre lo he dicho... Pero su cortedad de genio le pierde, y a nosotras más, y siempre estaremos lo mismo, pobres, olvidadas, viendo caminar lentos los turbios días y las altas horas.

XV

Ven a mis manos, ven, arpa sonora.
Baja a mi mente, inspiración cristiana,
y enciende en mí la llama creadora
que del aliento del querube emana.

Esto recitaba María Luisa una tarde, atizando el fogón para poner a calentar unas planchas, cuando sintió entrar a Ibero en el comedor, donde estaba Cavallieri copiando música. Presurosa salió a recibir al coronel, que en aquella casa merecía de continuo extremadas consideraciones, y con oficiosa y dulce voz, antes que la del bajo acabase de saludar al visitante, le dijo: «Santiago, por Dios, aguárdela usted, que no puede tardar: ha salido con Doña Leandra a comprar loza.»

Con pretexto de trasladar a sitio más decoroso la visita, fuese con Ibero a la sala, donde acabó los conceptos que expresar no quería delante de Cavallieri. «No pase lo de ayer y anteayer, ¡por Dios!... Usted no tuvo paciencia para esperarla, y así se nos va el tiempo, y se escapan los días sin que Rafaela oiga las verdades que usted tiene que decirle. Crea usted que está muy echada a perder. Si usted no la sujeta, no sé, no sé, amigo Ibero, a dónde va a parar mi hermana. Anoche también entró en casa a las doce dadas... Ya no sé qué decir a los amigos, ni cómo explicar estas ausencias... Luego no pasa día sin que lleguen aquí unos recados estrambóticos, traídos por mujeres de mala traza... ¡Ay, Santiago, estoy afligidísima!... ¡Pues si llegara a mi padre y viera estas cosas! Usted, usted es quien puede traerla a la razón, y ya que no a la virtud, a la decencia, Señor, al buen parecer, al recato... Yo le digo: "Mujer, ten cuidado, piensa en tu familia, piensa en el nombre sin tacha de nuestro padre, que ahora, por hallarse en alta posición, es el foco de las miradas de sus amigos y enemigos". Responde que sí, que tendrá cuidado, y ya ve usted el cuidado que tiene. Yo, que la conozco, estaba contenta cuando vi que se entendía con usted, guardando las debidas reservas. "Del mal el menos", dije. Cuando se da con personas nobles y decentes, queda el consuelo de que no habrá escándalos... Pero viene el rompimiento, que sentí, me lo puede creer, como si se nos cayera la casa encima, y mi hermana se disloca, y una tarde nos arma ese bruto de Catalá una gritería en el portal, y una mañana se planta en casa el otro, el Don Frenético, que así le llamo yo, y con pretexto de encargar música de bajo, le cuenta a mi marido mil historias que parten el corazón... Nada, nada, sea usted cariñoso y al mismo tiempo terrible: que ella vea su amistad, y que coja miedo, mucho miedo. Yo sé que a usted le respeta más que a nadie, Santiago; que le estima... y es natural que así sea. Duro en ella; pegue usted fuerte...»

—A duro no me gana nadie, amiga mía; yo pegaré... Tengo una mano como la maza de Fraga...

—Chitón, que ahí está... Es ella la que entra. Yo me escabullo por la alcoba...

Dos minutos después, Ibero y Rafaela, solos en la sala, producían una escena que, sin ser histórica, merece ser puntualmente relatada. ¿Y por qué no había de ser histórica, siendo verdad? No hay acontecimiento privado en el cual no encontremos, buscándolo bien, una fibra, un cabo que tenga enlace más o menos remoto con las cosas que llamamos públicas. No hay suceso histórico que interese profundamente si no aparece en él un hilo que vaya a parar a la vida afectiva.

«Al fin —dijo Ibero— te cojo a tiro, y ahora no te me escapas. Buena la has hecho, y contento tienes al pobre Catalá. No creí nunca que tu ambición te enloqueciera hasta ese punto... Ya sé lo que vas a decirme: que yo, por haber contribuido a corromperte, no tengo derecho a predicarte ahora la moral. Pero no tienes razón, Rafaela: yo te cogí dañada y bien dañada, y traté de que anduvieras todo lo derecha que podías con el daño que tienes. No habrás olvidado cuánto bregué contigo. El día de nuestra separación te dije que... ¿no lo recuerdas?»

—Que te dabas de baja como amante, y de alta como inspector mío... Así dijiste... pues pensabas vigilarme, no permitir que yo descarrilara...

—Así me lo propuse, pensando en el pobre don José. Si yo fuera un egoísta, habría dado media vuelta, diciendo como aquel Rey: «Después de mí el diluvio.» Pero no puedo hacer esto; no soy tan malo; y aunque rabies, me constituyo en tu fiscal, en tu juez, y si es menester, en tu verdugo, por mucho que me duela. Con que tú verás, Rafaela. Ya me conoces: soy un pelma terrible.

—Pega todo lo que quieras. He venido al mundo para víctima, y víctima seré siempre, hoy de un marido villano, mañana de otros que no lo son y quieren gobernarme como si lo fueran.

—No debías tener queja de Catalá, Rafaela. Arréglate pacíficamente con él, porque es un hombre de corazón muy bueno. Sabiendo manejarle, harías de él lo que quisieras: Como todos los vehementes, en el fondo es un niño; como todos los que gritan mucho, en el fondo es la misma docilidad. Pero le has irritado, has cogido una tea encendida, y con ella le has chamuscado el corazón. ¡Los celos!, ¡qué cosa tan mala! El que debía ser cordero se te hace tigre.

—Estoy divertida, como hay Dios —dijo Rafaela, sacudiéndose con gracia los golpes que recibía—, con estos protectores que me salen ahora. Yo les pregunto qué es lo que me dan, sepámoslo, a cambio de esta esclavitud en que quieren tenerme. ¿Me han descasado, para que yo pueda volver a casarme y tener una posición decente? ¿Me han hecho más persona de lo que yo era? ¿Qué pretenden, que yo les guarde fidelidad y me sacrifique por ellos, sin que de ellos reciba nada de lo que me falta: dignidad, nombre, posición?

—Nosotros no podíamos descasarte. ¿Somos por ventura el Papa? En eso de las posiciones, tú no has pensado bien lo que dices, porque... posición totalmente honrada no puedes tenerla sino resignándote a estar metida entre cuatro paredes haciendo la viuda inconsolable. Al declararte independiente, podías aspirar a lo mejor dentro de las posiciones falsas, a un bien relativo, a una moral de circunstancias. Pues todo eso lo habrías tenido con Catalá, que se ha enamorado de ti como un trovador... Por lo que me ha dicho el pobre, casi llorando, habría llegado hasta la bondad inaudita de casarse contigo, en caso de que enviudaras... Ya ves si esto es bondad, si esto es amor, y amor de los que gastan la venda más espesa.

—¡Casarse conmigo! Si tan largo me lo fías... Mi marido goza de buena salud, según me cuentan; es de familia de vividores, pues su abuelo tiene ochenta y seis años y lee sin gafas, y da paseos de dos leguas; familia de Matusalenes... ¡Vaya un consuelo!

—Confiésame con sinceridad —dijo Ibero un tanto confuso, sin saber en qué terreno ponerse— que ni a mí ni a Catalá nos has querido con verdadero amor. Confiésamelo; ten franqueza y alma grande para declarar que fue mentira todo lo que a mí y a Manuel nos dijiste...

—Si te empeñas en ello —replicó la Perita en dulce, gustosa de mostrar la grandeza de alma que su amigo le recomendaba—, te daré una prueba de rectitud declarando que ni tú ni Manuel habéis sabido interesar mi corazón. ¿Quieres más franqueza? Pues por mí no queda, Santiago. Sabrás que a uno y otro no los he mirado más que como escalones...

—¡Como escalones...! —repitió Ibero aturdido del golpe, pues la arrogancia calmosa y un tanto cínica de Rafaelita le desconcertó—. No te servíamos más que de peldaños para subir hasta don Federico Nieto, a quien tu hermana llama Don Frenético. Bien. Vale más que te expliques con claridad para saber qué clase de armas debo emplear contigo.

—Y es ridículo, Santiago —prosiguió, más altanera y fría Rafaela—, que tú me pidas amor, cuando no me tomabas más que por pasatiempo: me alquilabas, Santiago, no me hacías tuya. ¿Me explico bien? No podía ser de otro modo, porque el amor verdadero se lo guardas a la señorita de La Guardia con quien estás en relaciones honradas, y con quien quieres casarte... Hace poco lo he sabido, como sé también que están verdes. Nada me dijiste de estos amores tuyos, tan finos, ¡ay! Y tomándome por mujer-simón para una carrera, o unas horas, pretendías que yo te amase, que me pusiera flaca y ojerosa y lánguida por ti. ¡Pero qué tonto eres, qué cosas tiene mi maestro!

—Si no recuerdo mal —dijo Ibero, más desconcertado por la certeza lógica de la que fue su amante—, te manifesté que tenía un compromiso antiguo, serio... Pero Catalá no se encontraba en ese caso: Catalá no estaba ni está ligado a otra mujer por una cadena espiritual, y tenía, por tanto, derecho a tu amor.

—El amor no es cosa que se reclama por derecho. Se inspira sabiéndolo inspirar, se siente cuando se siente; pero no pueden venir alcaldes y alguaciles a decirle a una: «pague usted el amor que debe.» Manuel Catalá será todo lo bueno que tú quieras; pero su carácter violento y sus celos furibundos no son para enamorar a nadie... Luego, hijo mío, si quieres que te lo diga todo, yo... vamos, soy algo ambiciosa...

—El materialismo es tu locura y será tu perdición. ¿Qué entiendes por bienes de la vida? ¿Das este nombre a lo que puede adquirirse con dinero?

—Dime una cosa, Santiago: ¿por qué te has batido tú, por qué has pasado tantas fatigas y trabajos en la guerra? ¿Lo has hecho por quedarte siempre de soldado raso? ¿No soñabas tú con ascensos, con ser lo que eres, más aún, brigadier, general? Claro; ahora que has ascendido dirás que no, que lo hacías todo por la gloria, ¡angelito!

—¿Y qué tiene que ver la carrera militar con esa carrera tuya, despeñadero del vicio? ¿Adónde vas tú? ¿Qué quieres? ¿Riquezas, posición? Aquí no hay eso para las mujeres que se salen del camino derecho. Somos, gracias a Dios, un pueblo muy morigerado, un pueblo virtuoso...

—No era mala virtud la que me predicabas tú cuando...

—No te burles... —gritó Ibero, que enrojecía del calor de la discusión—. Lo que yo afirmo, y no puedes desmentirme, es que aquí no hay posiciones ni riquezas para las mujeres que descarrilan. En Francia sí lo hay; pero esa es una moda que no ha de venir.

—Yo no traigo modas, Santiago, las traéis vosotros, los que hacéis las guerras, los que hacéis las revoluciones, los que perseguidos emigráis y luego venís diciéndonos que aquí somos salvajes, que no hacemos más que rezar, y que España está infestada de clérigos; tú lo has dicho, tú... y que las mujeres apenas sabemos leer y escribir, y no tenemos el aquel de las extranjeras, ni la coquetería extranjera, ni la finura extranjera... Con que yo no traigo modas, ¿sabes?

—Ni yo. Lo que haré contigo —dijo Ibero, sospechando que Rafaela manifestaba tan solo la parte menos interesante de su ser, que en su alma había un doble fondo, en el cual no era fácil penetrar—, lo que yo haré contigo es cortarte los vuelos, no dejarte correr con la velocidad que quieres tomar.

—¿Y qué harás para cortarme los vuelos? —dijo Rafaela con altanería desdeñosa—, ¿amarrarme a Catalá?

—Amarrarte, no: convencerte de que debes ser benigna para él, de que debes limitarte a su amistad, sin buscar otras.

—¿Y si no me dejo convencer?

—En ese caso, emplearé otros medios, pues por el estado en que se encuentra el pobre Manuel preveo una tragedia, y no quiero tragedias en ti ni en tu casa. No lo hago solo por ti, lo hago principalmente por tu padre.

Y encrespándose y tomando bríos, como quien siente muy sólido el terreno que pisa, se levantó, y con arrogante ademán continuó el vapuleo: «Que no te escapas, Rafaela, que no tienes salida. Tú a que has de ser mala, y yo a que no. Tú a caminar torcida, y yo a cogerte y a llevarte derechita. ¿No quieres de grado? Pues a la fuerza. Soy muy bruto: tú lo has dicho, y ahora vas a verlo...»

—Veamos, pues —dijo la infortunada fingiéndose asustadica—. Lo primero que me manda mi sátrapa es que haga buenas migas con Manuel.

—Que le guardes fidelidad, que seas suya y solo suya... Después... No, no, antes o al mismo tiempo, que despidas, quitándole toda esperanza, a ese don Federico Nieto... Eso has de hacerlo prontito, Rafaela, porque si no, yo, yo me encargo de romperle el espinazo al Don Frenético, para que no te trastorne más. Si hay materialismo de por medio, y lo habrá, porque ese caballero es rico, no me importa. Él y su dinero van rodando... Créelo como te lo digo... Con que ya ves cómo las gasto. Me he propuesto que seas buena, y lo serás, vaya si lo serás. Y para que te convenzas de la energía, de la honradez de mi resolución, te diré que me constituyo en tu hermano. Con el esposo perdido, el padre ausente, ¿qué sería de la pobrecita Rafaela si ahora no tuviese el amparo de un hermanote muy bruto, muy leal, muy honrado?... ¡Ay!, honrado no fui, ahora lo soy, y derecha has de andar, mal que te pese, porque yo, con la voz de tu padre y la mía juntas, te digo: «¡Rafaela, cuidado; Rafaela, que soy tu hermano, y como tal te dirijo, te castigo, y si es preciso... te mato!»

—¡Matarme! —exclamó la Perita en dulce abstrayéndose, balanceando su pensamiento en vaguedades recónditas, lejanas—. Puede que esa fuera le mejor corrección.

—Lo dicho... Ya me conoces. No gasto palabras ociosas. Desde hoy, ten en cuenta que te vigilo, que no darás un paso sin que yo lo sepa... Por mucho que te recates, por grande que sea tu habilidad para escabullirte, no te librarás de mi vigilancia... Mucho ojo, señora Doña Rafaela del Milagro.

—¡Vaya por Dios!... ¡Qué hermanito tan fiero! ¿Y me libraré de la tragedia queriendo a Catalá?

—Queriendo a Catalá, que bien lo merece el pobre; a él solo, solo... Adiós... Ya es hora de comer. Hasta mañana.

Salió dejándola más meditabunda que asustada, y en el pasillo se encontró a María Luisa, que había oído lo más sustancial de la conferencia, agazapadita tras la vidriera de la alcoba, y no quiso dejarle partir sin expresarle su entusiasmo y gratitud por la buena obra. No estimando discreto el hablar del caso donde Rafaela pudiese oírla, se contentó con besar las manos del valiente y generoso amigo de la casa.

XVI

Obediente quizás a estímulos de su conciencia, o a otros móviles que por el momento nadie conocía, volvió Rafaela a la vida regular, entendiendo por esta el no excederse demasiado en los desatinos, no dar motivo a los desplantes furiosos de Catalá y suspender las salidas nocturnas.

No pudo gozar todo lo que quisiera el buen Catalá de la dichosa enmienda de su ídolo, porque a consecuencia de los pasados berrinches cayó gravemente enfermo de un ataque a la cabeza, y por poco toma el portante para el otro mundo. Con algo de espontaneidad por su parte, y con no poca docilidad a los mandatos de Ibero, Rafaelita se portó muy bien en aquella ocasión, visitando diariamente a su amigo enfermo, asistiéndole con exquisitos cuidados y consolándole con su presencia. En cuanto al Don Frenético, no fue posible espantarle tan pronto como se quisiera. El enamorado petimetre limitábase a obsequiar a su ídolo, no ya con ramos de flores, que no eran admitidos, sino con novelas, mostrando una preferencia de buen gusto por las pocas de Balzac que en aquellos tiempos se habían traducido al castellano. Rafaela no sabía francés; pero Don Frenético, galómano furibundo, como recriado en París, había querido iniciar a su amada en el conocimiento y en la admiración del gran pintor de las pasiones, miserias y vanidades humanas. Un día y otro dejó en la casa Úrsula Mirouet, Honorina, El lirio en el valle, La piel de zapa. Leía María Luisa, tardando algún tiempo en tornar gusto a una literatura en todo diferente de la poesía caballeresca de acá; y después tocaba el turno a Rafaela, que comprendía y apreciaba los profundos análisis de aquel soberano ingenio mejor que su hermana. «Esto es muy filosófico —decía María Luisa—, y no va con nosotras...»

A los entretenimientos que retenían en el hogar a las dos hermanas, se unió bien pronto la faena de ayudar a las de Carrasco en la magna obra de vestirse a la moderna para presentarse en público como les correspondía. Largos días y semanas largas se emplearon en esto, primero con la elección de modelos y de telas, después con las tareas prolijas del corte y costura. La primera lección que dieron las de Milagro a sus amigas fue la de prescindir de modistas, trayéndose a casa buenas costureras que bajo su dirección trabajasen. María Luisa era maestra en el corte, y Rafaela no tenía rival para el ajuste, combinación de colores, conforme al modelo vigente de la elegancia, ni para la adaptación de cada forma al tipo, talle, estatura y corte de cara de la persona que había que vestir. Poseía el don especialísimo de ver el efecto, y en todo lo que trazaba ponía un sello personal de gracia y tono. Instalado el taller en la casa de Carrasco, allá se pasaban todo el día cortando y cosiendo, con ayuda de buenas oficialas, y no duró menos de un mes la campaña. En las probaturas que se hicieron para cada pieza, resultaban las chicas manchegas completamente transformadas; eran otras, y Doña Leandra creía soñar viendo a sus niñas tan elegantes. Ante el espejo, Eufrasia y Lea reventaban de satisfacción observando que las caras se les ponían más bonitas sin necesidad de afeites, y los cuerpos más esbeltos y airosos por la virtud de aquellos corsés, que parecían obra de magia.

A cada una de las señoritas de Carrasco se le hicieron dos vestidos de calle, y uno para teatro y sociedad. Para los primeros eligió Rafaela las telas llamadas bareges y popelines, entonces muy en boga, y resultaron lindísimos, claro el uno, oscurito el otro. En los faralaes dispuso la directora una gran sobriedad; hubo fuerte discusión entre ella y su hermana, y al fin, en la primera prueba, todas le dieron la razón, rindiéndose a su maestría. Los cuerpos o jubones con el cuello alto, ostentando una imitación de camisa con chorreras, fueron el éxito más brillante de las Milagros. No se verían en

Madrid cuerpos tan bonitos. Pero en lo que extremaron su ciencia fue en los vestidos de sociedad, verdaderas obras de arte por la interpretación fiel de la moda, dejando algo a la invención y fantasía personal. Eran de lo que llamaban Pekín glacé, con rayas arrasadas de colores pálidos y guarnecidos de encajes, canesús de batista bordada con hilo de Escocia, y cuellito fruncido a la Lucrecia. ¡Vamos, que el día que los estrenaran darían golpe!

Para doña Leandra se confeccionaron dos vestimentas, una de calle y otra para teatro, entrambas muy apropiadas a la seriedad y modestia de señora tan respetable. Echaron en el primero no pocas varas de muselina de la India, de color llamado de escarabajo, y en el segundo tafetán negro de Italia, que adornaron con plegado de cintas à la vieille, todo muy rico, muy bien compuesto, sin extremar el adorno, porque así lo recomendaba de continuo Doña Leandra, que no quería desmentir su nativa sencillez, y hacía un verdadero sacrificio en ponerse aquellos ringorrangos. En las pruebas no disimulaba su mal humor, repitiendo que tales magnificencias no eran para ella; que no se acostumbraría jamás a ir por la calle vestida de señorona, y que ya se sofocaba pensando que la gente se mofaría de su facha. ¡Qué dolor, qué Madrid este! En los trapos que ella había de lucir, violenta, forzada, vistiéndose de máscara por dar gusto a la familia, se había empleado el valor de seis cochinos, y todo el trapío y galas de las hijas suponían una piara entera, ¡Señor!, la más lucida de Torralba de Calatrava.

Rematado hasta en sus últimos perfiles el grandioso aparato de los trapitos, lanzáronse todas a la calle, rivalizando en elegancia, pues las Milagros no querían dar su brazo a torcer, y endilgaron sus más lindos trajes y perifollos. Hubo días espléndidos de Sol en aquel invierno, lo que a todas vino muy bien para lucirse: iban al Prado y al Retiro, sin descuidar las visitas de presentación, y al propio tiempo las madrileñas mostraban a las novatas todas las curiosidades de Madrid, no olvidando llevarlas, como había recomendado expresamente desde Ciudad Real el buen don José, a ver la Historia Natural y Caballerizas. No solo se iban soltando con este ajetreo social Lea y Eufrasia, adquiriendo modales y la desenvoltura madrileña, sino que en sus cuerpos y rostros se determinó radical mudanza; el encogimiento desapareció al primer revuelo, y nadie diría que habían venido de la dehesa, cogidas con lazo. Desprendiéronse pronto del pelo, por virtud del poder asimilativo de la mujer y de las lecciones vivas que continuamente recibían de las chicas de Milagro. El éxito coronó la aplicación de las discípulas, así como la dirección de las maestras, pues a las pocas tardes de andar por el Prado y Retiro, ya llevaban tras sí las manchegas una reata de novios, señoritos elegantes que las miraban y las seguían haciendo mil cucamonas.

Doña Leandra, pasados los primeros días, se resistió a los largos paseos, no solo por cansancio, sino porque la mareaba el gentío, y aumentaban su murria el barullo y regocijo de las tardes de Madrid. Prefería quedarse en casa, adormecida en triste éxtasis, indelebles memorias del abandonado terruño, o bien rezando rosarios y pidiendo a Dios que se realizaran las esperanzas que trajo a Madrid toda la familia, pastoreada por Bruno. Ya le daba en la nariz a la buena señora olor de reveses, porque habiendo salido del Ministerio de Hacienda el señor de Gamboa se rompían los asideros de Carrasco en aquella casa; el expediente de Pósitos no acababa de resolverse, y lo de la Diputación no se veía claro, a pesar de los lisonjeros vaticinios que mandaba en todas sus cartas el seráfico don José.

Siempre que el servicio se lo permitía, acompañaba Ibero a las señoras y señoritas en su paseo, pues con Bruno no había que contar: se pasaba la vida en los ministerios y en tertulias políticas de café y redacciones. Algunos amigos de Santiago, paisanos y militares, se agregaban a la feliz cuadrilla, y la charla sabrosa y galante no tenía término. Entre ellos se señaló un teniente coronel, que hacía continuo derroche de finezas sin decidirse por las solteras ni por la casadita, como si fuera su plan tocar todas las teclas a ver cuál le sonaba mejor. Era de cuerpo pequeño, de carácter francote y comunicativo, cetrino de color, escaso de bigote y barba, el habla durísima, gorda, catalana. Una tarde que iban las manchegas y sus amigas con Ibero por la calle de Alcalá, le encontraron en la esquina de la calle del Turco; parose Santiago al reconocerle, se abrazaron, y al instante hizo la presentación: «Mi amigo muy querido Juan Prim.»

Siguieron todos hacia el Retiro. Prim, que vestía de paisano, contó a Ibero rápidamente sus tribulaciones militares y políticas, y luego pegó la hebra con las damas, que le oían con singular agrado, maravilladas de su simpática franqueza, de sus atrevimientos gallardos, que se acomodaban, como al vaso el líquido, a la ruda lengua catalana. Hallándose María Luisa un poco pesada, próxima ya a meses mayores, solía ir a retaguardia con Ibero y don Gervasio. En una de estas, interrogado el coronel por su amiga, refirió que el tal Prim era un bravo militar que había empezado su carrera de pesetero en la guerra de Cataluña, adelantando rápidamente por su valor sereno y su militar instinto en la dirección de tropas. Chico despejadísimo, llegaría a donde llegan pocos; y si por entonces parecía fuera de juego y no tenía mando, no era por falta de méritos, sino por significarse en política más de lo prudente, con ideas harto exaltadas.

«Pues abran ustedes mucho ojo para vigilar a este pájaro —dijo don Gervasio parándose para acentuar mejor el tono profético—. Yo podría sostener que las ideas del teniente coronel Prim más que exaltadas, son jacobinas: me consta que no hace muchas noches pronunció en casa de Pacheco palabras que le valdrían una temporada de castillo si el duque las supiera. Hay en este mozo algo que contradice las costumbres que observamos diariamente en todo joven que politiquea. Fijémonos bien en esta circunstancia: su amigo de usted profesa ideas que casi, casi tocan en el republicanismo, y no obstante, se junta con retrógrados, y sus principales amigotes son lo más granado de la moderación. Le verá usted siempre con Carriquiri, con Salamanca, con Sartorius, y creo que con Fernandito, el hermano del general Córdoba. ¿No le sorprende a usted esta contradicción entre las ideas políticas y los gustos sociales?»

—Le diré a usted, amigo don Gervasio —replicó Ibero—: antes que ese contraste, veo yo otro más fundamental en ese bravo chico, y es que, siendo de origen muy humilde, no le gusta tratarse más que con aristócratas. Ya ve usted qué bien viste: no hay otro que lleve mejor la ropa, ni quien le iguale en el refinamiento de los gustos; su rumbo, su esplendidez nos harían creer que es noble de nacimiento; sus ideas dicen que es hijo de la plebe. Yo le quiero y le admiro.

—Pues a mí me da mala espina... Mi opinión es que se vigile a estos plebeyos que andan demasiado elegantes, y a estos peseteros que adquieren costumbres de próceres.

—La contradicción yo no la temo, y hasta le creo natural, don Gervasio. Todo hombre es una carrera, una vida que viene de un punto y a otro se dirige... Si el hombre no se aleja del punto de partida, ¿en dónde está el progreso, nuestro Progreso, que tanto amamos y por el cual hemos dado terribles batallas? En Prim ve usted las ideas avanzadas de origen plebeyo y las aficiones aristocráticas: las primeras son los principios, las segundas son los fines.

Creyera o no don Gervasio paradójica y vana la explicación de Ibero, ello es que no añadió más que lo siguiente: «Estamos perdidos si no se vigila a los exaltados que andan entre oscurantistas. Lo dice un hombre de larga y dolorosa experiencia de las cosas públicas. Si yo tuviera, como usted, mi querido amigo, acceso diario en la casa del señor duque, le saludaría siempre con estas palabras sibilíticas: Palo al jacobinismo, palo al retroceso.»

Procuró Ibero quitar importancia a estos vaticinios del funcionario que se pasa la vida temblando por su nómina, y siguieron. A la semana siguiente, agregado también Prim al convoy, halló ocasión de quedarse atrás con su amigo, y le dijo:

«Sé que vas a la parte en los favores de la viudita, y...»

—¿Qué viudita? ¿Rafaela?... Es casada.

—¡Ah!, sí... la casada solitaria, de quien me han contado... ¿Qué? ¿Seré indiscreto?

—Sigue hombre, sigue.

—Es monísima, y sabe como ninguna hacerse la candorosa. Diríamos que no rompe un plato. ¿Pero es verdad que tú...?

—Sí, hombre, sí. Sigue, ¡ajo!

—Pues me alegro de tu franqueza, porque así puede la mía serte de algún provecho. Al amigo la verdad... Esa... te engaña.

—Sí, hombre, sí. Acaba pronto. ¿Quién...?

—Vas a saberlo. Ayer salíamos de almorzar en casa de Carriquiri, Narciso Ametller, Luis Sartorius y yo... Al volver la esquina de la calle de las Huertas, vimos a tu amiga salir de un coche con Federiquito Nieto, y entrar... ¿sabes ya dónde?

—Basta; no sigas: esta noche la mato.

—Hombre, no es para tanto.

—¿Qué sabes tú?

—Siento...

—No sientas nada... te digo que la mato... Y a ese Don Frenético le piso-
tearé en medio de la calle, en cuanto le encuentre. Ella me había prometido...
No, no fue a mí... No soy yo. Cállate, déjame. Yo sé lo que tengo que hacer.

—Pues Ametller me contó algo más...

—No sigas: estamos llamando la atención. Ya ves: se paran todos espe-
rándonos.

—Creerán que conspiramos. Y si quieres, por mí no ha de quedar. Cons-
piremos, Ibero.

—¿Ves? Se ríen de nosotros.

—Se reirán de ti...

—Cállate ya... ¿En dónde nos veremos mañana para poder hablar?

—En ninguna parte, porque yo me voy a Tarragona, donde espero salir
diputado.

—Bien, hombre, bien... Para ti es el mundo. ¿Y votarás la Regencia una o
trina?

—Creo que con un solo Regente basta y sobra. De lo malo, poco.

Uniéronse al grupo, y el paseo tuvo su desarrollo natural sin incidente
alguno. En torno de las damas revolotearon los pretendientes, derrochando
su gárrula estolidez amorosa. Ibero, metido en sí, no cesaba de pensar:
«¡Pobre Catalá! Bien le decía yo a María Luisa que estas saliditas de mañana
no tenían explicación, y ella me porfiaba que sí... que iba a la cordonería, al
tinte... Enredos... María Luisa tapa. Pues aquí estoy yo para destapar a la
tapada y a la tapadera.»

XVII

No tuvo Ibero reposo hasta que vio llegar la mejor coyuntura para interrogar
a Rafaela. La increpó con severidad, afeándole su hipocresía y falta de
juicio, y ella, negando al principio, balbuciendo luego una tímida confesión,
sin descubrir el doble fondo, echó por fin un raudal de lágrimas sobre la
disputa. El rígido censor, apiadado, no quiso añadir un martirio más a los
que a la pecadora infligía su conciencia, y calló, mandándole que se sose-
gara. Aquella misma tarde habló a solas con María Luisa, de cuya boca oyó
conceptos que cayeron como lluvia glacial sobre su corazón. No esperaba,
ciertamente, aquella filosofía de comodín que era al propio tiempo censura

y tolerancia de los deslices de Rafaela, ni el desdén con que apreciaba la intervención caballeresca de él en asunto tan grave como el honor de la familia.

«No podemos hacer carrera de ella —decía María Luisa—. Y lo que siento, amigo Ibero, es que usted se dé tan malos ratos para no conseguir nada... Hablando con franqueza, yo no creo que Rafaela sea un monstruo, ni mucho menos... Los actos de las mujeres no deben juzgarse sin mirar un poco a las circunstancias, y las de mi hermana ya sabe usted cuáles son. Hay que verlo todo, amigo mío, y no ser demasiado severo. Francamente, yo me pongo en el caso de Rafaela... El tal Catalá no es hombre de tantísimo mérito que merezca sacrificios extremados. Si se tratara de usted, ya sería otra cosa...»

Aterrado más que sorprendido, Ibero no supo qué contestar.

«Yo comprendo —prosiguió María Luisa— que si usted no hubiera rifado con ella, haría muy bien en ponerle el grillete... Tal como están las cosas, no podrá usted enderezar a mi hermana todo lo que deseamos, y de veras lo siento yo; no podrá enderezarla, digo, porque usted la enseñó a torcerse... No es esto censura, líbreme Dios... Ojalá durara... Es decirle a usted que no se aflija porque sus sermones sean de tan poco efecto...»

—Tiene usted razón, María Luisa —dijo Ibero, cayendo de un nido, de las nubes, de más alto aún—: soy un necio, el mayor mentecato de la orden de diablos predicadores. Usted me abre los ojos... No es solo Rafaela la que está dañada en esta casa.

Las señales del grave daño estaban a la vista, pues rodeaban a María Luisa muestrarios de telas, piezas riquísimas de barege eoliana, de muselina de la India, de tafetán de Italia, y cachemiras, crespones y popelines de dobles reflejos. Tantos y tan lucidos trapos se veían allí, que el gabinete parecía un taller de modas de los más elegantes. Ya había notado Ibero que la transformación indumentaria de las manchegas fue para las Milagros como súbito envenenamiento: la elegancia de sus amigas les inoculó el virus del lujo, y este prendió al instante con aterradora intensidad. La primera envenenada fue Rafaela, que no tardó en comunicar a su hermana el pegajoso mal. Bien pronto invadieron la casa figurines y piezas de tela, mil arrumacos elegantes de seda y encaje, modelos de los abrigos llamados twines y kasadawekas, que se adornaban con pieles riquísimas, y Rafaela frecuentaba la famosa casa de Madame Petibon, depósito de todas las monerías parisienses de última novedad.

«Aunque tarde —dijo Ibero melancólico, tirando a la indulgencia que un hombre debe a la flaqueza mujeril—, caigo en la realidad, y veo la ridiculez de mis pretensiones puritanas. ¿Me permite usted, María Luisa, que le hable con la libertad a que tiene derecho un amigo que se despide? Pues si usted no se me enfada, le diré que el dinero enviado por Don José para gastos de ropa (y conozco la cantidad porque ha pasado por mi mano), no basta ni con mucho para ese aluvión de trapos...»

—No hay que asustarse, amigo Ibero... Mucho de esto se devuelve; lo hemos traído solo para verlo...

—Déjeme seguir. Si ustedes pensaban que debían estirar los pies a mayor largo que el de las sábanas, ¿por qué no me pidieron a mí el dinero necesario, como mil veces le he dicho a Rafaela?... No se enfadará usted tampoco si, como leal amigo de don José, le digo que es un grandísimo peligro esa ostentación... vamos, ese insulto a la medianía de un jefe político que blasona de honrado, y que lo es... lo es.

—Papá nos autoriza para vestirnos decentemente, contando con lo que nos mandará luego. No quiere que hagamos mal papel al lado de las manchegas. Además, diré a usted que a Cavallieri han venido a buscarle para que cante los meses que quedan de temporada en la Cruz; un contrato ventajosísimo, amigo Don Santiago. El público no está contento de Reguer, y Becerra se ha puesto ronco. Tendrá usted a mi marido de primer bajo, con obligación de cantar Chiara di Rosemberg, Marino Faliero, Il Conte Ory, del gran Rossini, y la ópera que ha escrito nuestro celebrado Saldoni, Cleonice, Regina di Siria.

—Lo celebro infinito. Iré a dar mi aplauso al amigo Cavallieri, y a admirarlas a ustedes en su palco de la Cruz. No se ofenda por lo que he dicho, ni aquí hay nada que censurar, como no sea mi conducta: me daría de bofetadas... tal rabia me tengo, puede usted creerlo... por meterme yo en donde no me llaman. Todo lo que dije de querer ser su hermano, y de guiarlas y protegerlas, como tal, contra los infinitos riesgos de este Madrid diabólico, no es más que un quijotismo que, ya lo ve usted, viene a parar en lo que para siempre el meterse a pelear con aspas de molino. Aquí me tiene usted caído y con los huesos quebrantados; pero aprovecho la lección, vaya si la aprovecho, ¡canastos! No volveré, no, a romper lanzas por el honor de nadie, ni a enderezar mujeres que quieren torcerse. Hermoso me parecía lo de ser hermano de estas pobrecitas, y ello me servía como de un buen descargo de mi conciencia; pero ya veo que el oficio de hermano postizo tiene sus quiebras, y... Dimito el cargo.

—Siempre será usted un buen amigo nuestro, por más que no quiera —dijo María Luisa, un poco asustada de verle con tal impresión de tristeza y desaliento—. Diríjanos y aconséjenos todo lo que guste, que bien sabe Dios cuánto hemos de agradecérselo. Lo único que le pido es que no sea demasiado regañón con nosotras, vamos, que no nos grite ni ponga los ojos fieros, porque me asusto... Crea que me asusto... y como entro ya en meses mayores, cualquier sobresalto repentino podría... ya sabe...

—Esté usted tranquila, que por culpa mía no ha de fracasar la criatura. Le deseo un felicísimo alumbramiento, y a Cavallieri ovaciones sin fin. Con que... A ver si acaban ustedes todo el traperío, para que se pongan bien guapas y tiemble Madrid.

—¡Burlón, mala persona!

—Adiós, amiga mía. Adiós.

Se fue, no ya triste, sino consternado, pues era hombre a quien afectaban hondamente las rupturas o interrupciones de amistad, de cualquier orden que fuesen. Aquel mismo día visitó al pobre Catalá, y le halló tan tranquilo, tan confiado, que habría sido no solo impertinente, sino criminal, turbar su almo reposo. Por todo ello, se confirmaba en su propósito de abandonar definitivamente la redención de pecadores, obra que a Dios pertenecía, no a los hombres, y menos aún a los que se hallan distantes de la perfección. «Hagamos todo el bien que podamos —se decía—; pero dejando siempre a un lado los trastos de redimir.»

En los siguientes días, atraída su alma solitaria con nueva fuerza desde La Guardia, fue a ver a Doña Jacinta y después al duque, con la pretensión de que, si no le trasladaban al Norte, como era su deseo, se le diera al menos una licencia de un mes, de dos semanas. Don Baldomero, meditabundo, mas como nunca benévolo, le dijo: «Ten paciencia, Santiago. Ahora no puede ser. En cuanto se reúnan las Cortes y estas elijan la Regencia, podrás ir a donde quieras.»

Por algo que dejó escapar la suma discreción de Espartero, por lo que poco antes le había dicho la duquesa, y por lo que oyó después en la Secretaría, entendió Ibero que el Gobierno olfateaba conspiraciones. Síntomas de displicencia apuntaban en ciertos círculos, resto nefando de las antiguas logias; cuchicheos misteriosos sonaban en los cuarteles. El retroceso, abrazando con sentimental quijotismo la causa de Cristina, y declarándola víctima inocente de una intriga brutal, se apiñaba para adquirir una fuerza de que carecía. Los moderados elegantes y ricachones usaban del resorte social de las suntuosas comidas para producir la agrupación lenta de adeptos, para definir y caldear las ideas que, por el pronto, solo se expresaban en forma de chistes y agudezas contra el duque, su familia y adláteres. Figuras importantes del Ejército iban marcando su actitud paladinesca en favor de la ilustre proscripta, que recibía corte de descontentos en su residencia de la Malmaison, comprada a los herederos de Josefina. No era solo Belascoain el que cerdeaba. Manuel de la Concha tenía muy arrugado el entrecejo, y su hermano Pepe, amigo de Espartero y a punto de emparentar con él, no podía vencer la sugestiva atracción de su hermano; de Juanito Pezuela nada podía asegurarse; O'Donnell era declarado cristino; mas su fría cara irlandesa no revelaba sus intenciones. Seguros eran Seoane, que mandaba en Valencia; Van-Halen, en Cataluña; Ribero, en Navarra. En cuanto a la Milicia Nacional, se creía en su fidelidad como en Dios, viéndola cada día más firme en su liberalismo chillón, ardoroso, pintoresco.

Dos días después de la visita a Espartero hizo otra a Linaje, que le retuvo más de una hora, encareciéndole la necesidad de vigilar con cien ojos y de aplicar el oído a las conversaciones de la oficialidad, siquiera fuesen de las más íntimas. Se habían emprendido trabajos en algunos cuerpos por el sistema llamado del triángulo, y no eran pocos los jefes y oficiales que andaban en estos enredos. Urgía conocerles y desenmascararles antes que las cosas fuesen a mayores. Por lo demás, no se temía nada serio, y la popularidad y buen crédito del duque garantizaban una paz durable... Con todo se mostró conforme Ibero, y prometiendo ser un Argos de buen oído, y no perdonar medio alguno, por duro que fuese, para imponer castigo a los que se salieran de la estricta disciplina, se despidió del famoso secretario del duque, creyéndole atormentado por pesadillas horrendas, a no ser que inventara las conspiraciones para dar a sus servicios un valor que fuera del terreno policiaco no podían tener.

Recibió en aquellos días Ibero una carta de Navarridas muy grata y consoladora. ¡Cuánto habría dado el hombre por poder llegarse allá y recrear sus ojos en la contemplación del dulce objeto de su amor fino, y hablar con Gracia, con la sin par Demetria y con Navarridas de proyectos felices cuya realización no debía de estar lejana! Pero ¡ay!, vana ilusión, sueño de esclavo era pensar en esto. Viéndose tan sin libertad privada por servir a la pública, fue acometido de un tedio sombrío, con desvío de la sociedad y repugnancia del trato de gentes; se pasaba en su casa largas horas leyendo novelas, sin distinguir de géneros y estilos, devorándolas todas con igual atención; y en medio de aquel fárrago pasaron también las de Balzac que semanas antes le había dado María Luisa, y procedían de la mano dadivosa de Don Frenético. Volvieron a despuntar en su mente los delirios supersticiosos que le habían trastornado en Valencia, y por las noches cualquier sombrajo en la habitación oscura o en la calle tomaba forma de animado ser para significarle sucesos terroríficos. Una mañana fue a coger su bastón del sitio donde comúnmente lo ponía, y el bastón cayó al suelo, y al bajarse para recogerlo movió con el hombro un colgadero portátil de ropa, que vino a desplomarse sobre la mesa. En esta había un plato (del servicio de chocolate), que al golpe se rompió por la mitad, mostrando en uno de los pedazos rotos el perfil perfectísimo de una cara burlona, la cual cobró vida y voz en el instante de la rotura, y así le dijo: «Teme a los traidores.»

XVIII

A los traidores ya les temía y execraba, sin necesidad de que el maligno ente se lo advirtiera. Lo que hacía falta era descubrirles y saber por dónde andaban, para meterles mano y hacer en ellos un cruel escarmiento. Coincidieron estas travesuras de la imaginación con un soplo que en aquellos días le dio el mayor del segundo batallón de su regimiento, don Gabriel O'Daly. Mandaba la primera compañía del mismo un capitán llamado Vallabriga, tildado de inquieto y sospechoso. Según O'Daly, hombre de carácter muy serio y de bien probada veracidad, Vallabriga andaba en malos pasos y en peores trotes. No era difícil comprobar que había leído proclamas clandestinas a varios sargentos de su compañía; se supo que frecuentaba una reunión nocturna de jovellanistas en una de las calles jorobadas y tortuosas que caen detrás de Buenavista, no lejos de las Salesas, conciliábulo a que concurrían otros militares de distintos cuerpos. Con estos nada tenía que ver don Santiago; pero como descubriera y evidenciara al traidor de su regimiento, sorprendiéndole con el puñal levantado sobre el corazón de la patria, no se contentaría con menos que con atravesarle de una estocada sin más dimes ni diretes, ni sumaria ni consejo de guerra. Nunca le había gustado el tal Vallabriga, que componía versos de moros y cristianos, blasonaba de ideas estrambóticas, y solía concurrir a las tertulias de café peor reputadas. Hizo propósito de seguirle la pista y de echarle la zarpa, sin dar cuenta a nadie de su cacería, ni valerse de persona alguna militar ni civil.

Pero estaba de Dios que en aquellos días su alterada mente no tuviera reposo, porque tras una impresión desagradable venía otra de un orden distinto, y el hombre no ganaba para disgustos. Hallábase una tarde en el Cuarto de banderas, durante el acto de pasar lista, tocando la música en el patio, cuando entró Catalá demudado y trémulo, y con balbuciente voz le dijo: «La mato, Santiago, la mato, la degüello... Ahora no la salva ni el Sursum corda.»

A las preguntas de Ibero no respondía sino con expresiones desconcertadas y delirantes, acariciando una pistola que llevaba en el bolsillo interior de la levita. «¿Sabes tú dónde podré encontrarla?... Porque en su casa no está... ¡Cuatro noches pasadas fuera! Es un demonio, es la mentira, la traición. De hoy no pasa que le meta una bala en el cráneo... No me mato yo... yo no...»

Y diciéndolo salió disparado sin oír las exhortaciones de su amigo, que a la moderación le incitaba. No se sentía Ibero con ganas de tomar en la cuita del comandante un papel activo: bastaba con tenerle lástima y con desear que las cosas se arreglaran por las buenas, sin catástrofe. Desde que renunció al desairado papel de paladín de la honra Milagrera, sus comunicaciones con las graciosas hermanas eran casi nulas. Supo que María

Luisa había dado a luz con toda facilidad un niño que se parecía mucho a Cavallieri, y se enteró de que a este le habían dado una grita fenomenal en la Cruz, cantando Le Prigioni d'Edimburgo, de Ricci, con la Mazarelli, la Lombía y Ojeda, y que a consecuencia de este desastre enmudeció en los teatros la espléndida voz de bajo para tronar de nuevo en los responsos y funerales. De Rafaela no supo más sino que la habían visto sola, por la calle de Alcalá abajo, luciendo un twine de todo lujo, guarnecido de pieles, y que en el teatro del Circo había llamado la atención en un palco, con elegantísimo vestido, en compañía de las manchegas. Las relaciones de Ibero con Catalá no eran ya muy íntimas. Como el pobre comandante no acababa de restablecerse del mal de su desconcertada cabeza, Santiago influyó para que se le retirase del servicio activo, y a sus instancias le colocó Linaje en la Secretaría del Montepío Militar.

La tarde en que se presentó Catalá en el cuarto de banderas de Saboya con aquel rapto de ira, no pudo Santiago ir en su seguimiento para impedir una barbarie, porque había recibido invitación para comer con los señores duques, y el meterse a componedor habría comprometido su puntualidad. Por la noche, en el café de Pombo, supo que no había ocurrido tragedia clásica ni romántica, porque los compañeros de oficina de Catalá habían recogido a este, llevándosele a su casa y quitándole las pistolas y todo instrumento que pudiera ocasionar muerte. Mas no pudiendo permanecer de guardia indefinidamente en su alcoba, temían la repetición del acceso de furia, el cual no era un fenómeno morboso, sino arrechucho normal producido por discordias terribles con su amada infiel.

A los tres días de esto, el 19 de marzo, se abrieron las Cortes, y ya no se hablaba en Madrid más que de la elección de Regencia, y de si esta sería una, trina o cuaternaria. Muchos amigos tenía Ibero en el Parlamento que había de resolver cuestión tan peliaguda. Triunfaron Prim y Olózaga; elegidos fueron también González Bravo, Ametller y Posada Herrera. En cambio, el pobrecito don Bruno Carrasco había sufrido una derrota ignominiosa, a pesar de tener el padre alcalde; y el bonísimo don José del Milagro, a quien el fracaso produjo terribles amarguras, fue acusado por los amigos de no entender la mecánica electoral, de haber conducido a las urnas el rebaño votante con el modo y pasos de la más candorosa legalidad y de una corrección infantil. Por no parecerse a los moderados, había dejado indefensa la candidatura del amigo, y él quedaba como un modelo de la probidad más imbécil. Tal era el criterio de la llamada razón política, enteramente reñido et nunc et semper con toda idea moral.

Ya se aproximaba la elección de Regente, cuando Ibero, libre de todo compromiso social y militar, escogió una destemplada noche de marzo para lanzarse al ojeo de aquel indigno Vallabriga, que era el oprobio de la brillante oficialidad de Saboya. Un dato de la policía, transmitido por O'Daly, le dio a conocer que la junta secreta de jacobinos y moderados (inefando amasijo!), a que concurría el pérfido capitán, se había trasladado a una de las calles próximas a la plazuela de Afligidos, entre el cuartel de Guardias y la Cara de Dios. Allá se fue el hombre, en traje de paisano y trazas de cesante, bien embozado en su pañosa, y con un sombrero del año 23 que completaba el disfraz de un modo perfecto. Calles arriba, calles abajo, midió todo el barrio durante dos lentas horas, sin descubrir rastro ni sombra de lo que perseguía; y cansado ya de su inútil acecho, se retiraba por la calle del Limón, cuando vio salir de un portal tenebroso a una mujer, cuyos andares y figura le revelaron persona conocida, sin poder discernir quién era, pues iba bien entapujada con manto negro y cuidadosa de no dejarse ver la cara. El corazón, más que los ojos, fue quien le dijo a Ibero: «O yo veo visiones, o esta es Rafaela.» La siguió a distancia. Avivaba ella el pasito como si hubiera notado la persecución; al llegar a lo alto de la calle torció a la izquierda por un solar vacío, y tomó la calle de Amaniel; acortó Ibero la distancia, y observando mejor a la luz de los reverberos, se confirmó más en su sospecha. Entró luego la tapada en la calle de San Hermenegildo, lóbrega, solitaria, de aspecto mísero, y el galán tras ella. La macilenta luz de los escasos faroles apenas permitió al ojeador distinguir el bulto, que no ya deprisa, sino a la carrera, por la calle avanzaba. De pronto se filtró en un portal. Reconoció Santiago la casa donde había desaparecido la mujer, y observó que no era de mal aspecto; la mejor de la calle sin duda. Una luz pitañosa, semejante a la mirada de un ojo enfermo, brillaba en lo más hondo del portal larguísimo y angosto.

Hasta aquí la aventura era por demás insípida, pues aun suponiendo que la hembra escurridiza fuese Rafaela, ¿qué interés podían tener ya para Ibero los pasos rectos o torcidos de la que fuese su amante? Pensó retirarse, y una fuerza íntima, nacida de su suspicacia y de su curiosidad juntamente, le retuvo. «Me da el corazón —se dijo— que aún he visto poco, y que debo quedarme aquí para ver más.»

Aunque comúnmente no era hombre para largos plantones, determinó hacer aquella noche pruebas de paciencia, y buscando el sitio más adecuado para garita, dio con un cerrado portal, que parecía un nicho, en uno de los trozos más oscuros de la calle, en la acera opuesta a la de la casa misteriosa, y a una distancia tal de esta, que no era difícil observar quién entraba y salía. Porque en la tal casa había de ocurrir algo extraordinario; a Ibero se lo dijo la singular fisonomía que resultaba de la disposición de sus huecos; se lo dijo la ordenada fila de las tres repisas de balcones, la combinación de pintura roja imitando ladrillo, y de pintura blanca imitando piedra; díjoselo también una ventana figurada, y, por último, se lo confirmó un letrero pendiente entre las dos rejas del piso bajo. Pudo leer el primer renglón, Imprenta, y el de que había más abajo; pero el nombre expresado en la tercera línea no era legible, ni hacía falta por el momento.

No habían pasado quince minutos de plantón, cuando Ibero vio salir a dos hombres, embozados en luengas capas. Tiraron hacia la calle de San Bernardo. Parecían señores. Diez minutos después salió uno solo, enfundado en un gabán con alzacuello altísimo. Aquel sí era señor efectivo. Le vio Ibero pasar cerca, porque tiró hacia la calle de Amaniel. No pudo ver su cara; no le conocía por el cuerpo y andadura. De pronto, el tal sujeto retrocedió como azorado, vaciló un instante, y al fin salió por pies hacia la calle Ancha con no poca prisa. Antes de perderle de vista, vio salir a otro, y luego a dos... «¿Pero qué jubileo es este? Aquí hay una guarida de conspiradores —pensó, dejando caer el embozo—. Vamos, no aguanto más. Me pondré en la misma puerta, y si sale mi traidor, el Judas de Saboya, no le dejaré hueso sano...» Con paso resuelto avanzó hacia la casa, y al aproximarse al portal, casi estuvo a punto de chocar con dos bultos que salían... un hombre y una mujer. Esta era Rafaela: la vio cara a cara; no podía dudar de lo que veía. Y como en aquel súbito encuentro, obra de un instante, aplicara toda su atención a la hembra, no pudo distinguir bien la persona del hombre, que al verse sorprendido se embozó hasta la nariz. No obstante, en rápida visión, que Ibero pudo comparar a la fugaz claridad del relámpago, se le manifestó un semblante hermoso, un bigote rubio... Nada más. Quedó en su retina la vaga impresión de un rostro conocido; mas ni en aquel instante ni en los que sucedieron al encuentro, pudo discernir quién era.

Avanzó la pareja por la calle adelante, hacia la de San Bernardo, y a distancia les siguió Ibero. Iban hombre y mujer muy pegaditos, hablando en intimidad confianzuda. Al pie de la mole churrigueresca de Montserrat se pararon un rato; el desconocido parecía reñir amorosamente a Rafaela. Siguieron, y en otra parada comprendió Santiago lo que podría llamarse el sentido escénico de aquel coloquio. Sin oír nada, pues la distancia no lo permitía, pudo, con la sola observación de la pantomima de ambos, comprender que el galán la incitaba a que se separaran. No convenía, por estas o las otras razones, que fuesen juntos. Ella se obstinaba en acompañarle; él en que no. Hubo sin duda transacción entre las opuestas voluntades, porque siguieron hasta el Noviciado. En una nueva paradita, reparó Ibero que la Milagro lloraba, llevándose el pañuelo a los ojos, y que el caballero le apretaba las manos. Pareció indicarle que se retirara por la calle de los Reyes al punto que debía de ser su residencia eventual. Ella se resistía; cedió al fin ante exhortaciones o mandatos impuestos con voluntad firme... La despedida fue tierna, penosa, lenta: se apartaban y volvían a reunirse, siendo ella la que tras él corría, como desconsolada de verle partir... Esto fue obra de un minuto, quizás de dos, y por fin el hombre arrancó presuroso calle abajo, y la sombra de ella se desvaneció en la travesía más próxima.

Dudó un instante Ibero... ¿A cuál de los dos seguiría? El primer impulso fue dar caza a Rafaela; pero de pronto una sospecha vivísima le indujo a la determinación contraria: seguir al hombre. Creyó haber encontrado en sus recuerdos la clave del enigma de aquel rostro, visto en un relámpago, y quería comprobarlo con nueva observación. El hombre iba deprisa por la acera del Noviciado, Ibero por la opuesta, avivando el paso con intento de tomarle la vuelta y mirarle de frente. Pero cuando ya el desconocido iba cerca del Rosario, vio pasar un simón: lo tomó precipitadamente y metiose en él, dando al cochero la orden desde dentro. Santiago, que se aproximó cuando el caballero cerraba con violencia la portezuela, no pudo ver lo que deseaba. Fue luego en seguimiento de Rafaela; mas ya era tarde. Ni aun pudo determinar la casa de que la vio salir, en la mísera y tenebrosa calle del Limón.

XIX

Al día siguiente visitaron los corchetes la casa de la calle de San Hermenegildo en cuyo piso bajo estaba la imprenta de Minutria; mas no se encontró nada que transcendiese a conspiración. En el principal había un colegio de niñas, y los vecinos del sotabanco eran vendedores ambulantes, un cochero y dos limpiabotas. En la imprenta se había tirado El Eco del Comercio, después El Huracán, y a la sazón se imprimían dos papeles, cuyo ministerialismo no podía ponerse en duda; el dueño de ella era miliciano nacional, considerado en el cuerpo como de intachable adhesión al duque.

Pensó Ibero, como síntesis de sus cavilaciones de aquella noche y del siguiente día, que no cuadraban al decoro de su posición militar las correrías y acechos de polizonte, desfigurando su persona; y creyendo haber descubierto un rastro de criminales liberticidas, se propuso seguirlo, mas no con tapujo, sino a cara descubierta, de uniforme y a plena luz. Comenzó por la tarde sus indagaciones en la calle que fue principio de su aventura, y tan propicia le fue la suerte, que a primera hora de la noche ya conocía el escondrijo de Rafaela, el cual resultó ser la vivienda de una planchadora llamada Encarnación, nodriza que fue del chiquillo mayor de Milagro. Comió el coronel a la francesa, con unos amigos, en el próximo cuartel de Guardias, y a punto de las ocho se personó en la casa, presumiendo, como en efecto sucedió, que al preguntar por la extraviada la negarían. «¿Cómo se entiende? Sé que vive aquí; sé también que está en casa —dijo en tono que no admitía réplica—, y si se obstinan en negarla, ya veré yo la manera de despabilar a los que ocultan la verdad.» Diciéndolo, empujaba suavemente a la mujer que abrió la puerta, y sin reparo alguno se colaba por un pasillo, a cuyo extremo compareció un hombre corpulento, en mangas de camisa, al modo de tapón para cerrar el paso. Antes que el tal formulase una protesta, le echó mano al cuello don Santiago, diciéndole: «Que salga pronto Rafaela, ¡ajo!; y renuncien a ocultarla si no quieren ir a la cárcel todos los inquilinos, empezando por usted y concluyendo por el gato.»

El gato apareció detrás del dueño, mirando receloso al intruso; dos chicos tiznados salieron detrás del gato, haciendo pucheros; se persignaba la mujer, rezongaba el hombre, escupiendo palabras descorteses; y en esto se abrió una puerta vidriera al opuesto extremo del largo pasillo, y la turbada voz de Rafaela dijo claramente: «Sí, sí, Santiago, aquí estoy. Puedes pasar.»

—¡A mí con estas bromas de negarte! Ya comprenderás que vengo como amigo, y que no te causaré ningún daño...

Entrando en la sala con esta breve insinuación, y posesionándose de la primera silla que se le vino a mano, invitó a la Milagro a sentarse. Alumbraba la estancia un quinqué bastante avaro de claridad, con pantalla de cartón, puesto sobre una cómoda, y en todos los muebles se veían prendas de vestir, esparcidas con desorden, ropa blanca recién planchada, zapatos y ligas. Rafaela, envuelta en un mantón, despeinada, los pies metidos en pantuflas turquescas de tafilete amarillo bordado de plata, se acomodó en un sillón frente a Ibero, mediando entre los dos un brasero sin lumbre. Parecía enferma o profundamente atribulada, y en su bello rostro, que nunca fue romántico, se advertían las transparencias opalinas y el nácar violáceo de las penas hondas y del llorar frecuente.

«¿Qué te pasa, mujer? —dijo Ibero compadecido de veras—. ¿Se te ha muerto alguna persona querida? Es la primera vez que veo en ti un dolor vivo, y esto, dejando a un lado nuestra discordia, no puede serme indiferente. Acaba de suspirar y cuéntame...»

—Soy muy desgraciada —fue lo único que respondió—. Si con esto no te basta, peor para ti, pues poco más podré decirte.

—No creas que voy a mortificarte con interrogaciones, aunque el caso de anoche las justificaría —dijo Ibero—. Pero algo tendrás que decirme... No; no te asustes antes de tiempo.

En aquel punto, juzgó Santiago que sería muy estratégico no atacar de frente la cuestión que bien podría llamarse política. Para obtener claro informe acerca de los visitantes de la casa misteriosa, convenía figurar que esto no interesaba, desviando las indagaciones hacia otro objeto, y suponiendo en este objeto convencional un interés que no existía. Embistió, pues, por el lado de las liviandades y de los desvaríos amorosos, hablando de

Catalá, de su estado de furor, y de los accidentes graves que podrían sobrevenir si Rafaela no ponía fin a sus locuras.

«¿Pero no habíamos quedado —dijo ella— en que ya no éramos hermanos, y en que no te importaba lo que yo hiciese o dejara de hacer? Son cosas mías, Santiago, cosas malas si quieres, pero mías, y lo que es mío no es de los demás.»

—Perfectamente; pero las cosas tuyas afectan a otras personas, a muchas personas, Rafaela... ¡Quién sabe si también a mí!

—¿A ti?

—Tus cosas, como dices, van tomando tal carácter de gravedad, que será difícil ya que tu padre deje de tener conocimiento de ellas. Tu hermana misma, a quien yo vi tan dañada como lo estás tú, y que ha contribuido a lanzarte por el mal camino, ya se asusta de su complicidad... Hasta los pequeños, Rafaela, hasta tus hermanitos sienten o adivinan que hay en ti algo que no es honroso para la familia, y van aprendiendo a pronunciar tu nombre con miedo, con vergüenza. ¿Esto no te dice nada?

—Eso me dice algo, me dice mucho, Santiago —contestó Rafaela, la voz cortada por la emoción—; y si te aseguro que ahora me encuentro verdaderamente arrepentida, oirás una verdad como un templo... y no la creerás. Pues tienes que creerla, tienes que creerla.

—¡Si supieras, amiga mía —dijo Santiago dando un gran suspiro—, cuánto me gusta creer en el arrepentimiento de las personas que han hecho algún mal! Pero en este caso, para que yo vea clara tu enmienda, es preciso que conozca el estado de tu ánimo, tus pensamientos todos y los motivos de tu pena. Que la cosa es grave lo veo en el desorden de tu vida, en tu cara demudada, en tu llanto, en este encierro, en ese acento tuyo tan distinto de lo común en ti, que parece otra la que habla. Para que tu carácter se me presente cambiado, lo ocurrido en ti debe de haber sido, más que un suceso, una revolución. Cuéntame esa revolución, y solo el contármela te aliviará de tu pena.

Le oía Rafaela sin mirarle, inclinado el rostro sobre el pecho.

«Apostaría yo —dijo Ibero después de una pausa en que se cansó de esperar respuesta— a que el origen de tus desgracias no es otro que el infame materialismo. ¿Dices que no? ¿Por qué niegas con la cabeza? ¿Te has quedado muda?»

—No es la ambición, Santiago; te digo que no es la ambición.

—En los días en que yo pude enterarme de lo que hacías, te vi menospreciando la medianía decorosa por buscar la amistad de personas que no tenían otros atractivos que su dinero.

—Una vez en el mal camino —dijo Rafaela con una sequedad que contrastaba con su pena—, me parecía una simpleza perderme sin gracia... Para pobreza ya tenía la de la honradez... ¡Perdición pobre...!, es como ahogarse en un mar hediondo.

—La pobreza y las privaciones son cosa mala, es cierto... Pero podías haberte limitado a una situación media...

—Me entró la locura de las cosas grandes, y no podía contenerme. Quizás no comprendan esto los hombres que pueden satisfacer sus vanidades de mil modos, con los títulos, con los galones, con la gloria, qué sé yo. Nosotras no tenemos más que un medio de satisfacer el orgullo... Por eso yo decía: «Ya que no tengo nada de lo bueno, Señor, tenga de lo malo lo más bonito.»

—Y tu hermana, que al principio te contuvo, viéndote después por el camino de las conquistas lucrativas, te jaleaba para que siguieras.

—María Luisa es más ambiciosa que yo, y también más cobarde. Tiene, para mantenerse honrada, motivos que yo no tengo: es casada de hecho y madre de un niño. Para ella ha sido muy cómodo que yo peque. De este modo resulta más su virtud, y como nos queremos y siempre hemos partido lo que teníamos, no sale mal librada... Sin pecar, por supuesto.

El terrible juicio que en pocas y secas palabras hizo la dolorida de las relaciones morales entre las dos hermanas, causó al coronel verdadero terror. Quedose un largo rato absorto, contemplando aquel cuadro siniestro en que la virtud y la maldad comían en el mismo plato.

«De todo lo que me cuentas —dijo saliendo al fin de su meditación— resulta que tu hermana y tú no tenéis idea ninguna de la verdadera decencia; resulta también que tú, Rafaela, eres una preciosa muñeca que habla y ríe por mecanismos naturales; pero que no piensa ni siente; no conoces la fe, ni el amor, ni ningún sentimiento grande. Si algún mérito hay en ti es la sinceridad; pero esta virtud no compensa, no, la falta de tantas otras. El día que nos separamos me dijiste que eras incapaz de amar, que...»

—Que no comprendía el amor, ya me acuerdo. ¿Y a eso llamas sinceridad? Nunca he dicho una mentira tan atroz. Como nos despedíamos, y no te había engañado nunca, quise echar sobre ti de una vez el engaño mayor del mundo, para que te fueras con todos los sacramentos, bien engañadito, sin entenderme ni tanto así, sin conocer a la mujer que habías tenido, sin poseer de ella lo que más vale, que es el corazón... En esto que te digo ahora sí hay sinceridad, y lo aseguro, aunque te duela.

—Si crees que esa franqueza tuya, tardía, me mortifica, estás muy equivocada, Rafaela —dijo Santiago haciéndose el valiente—. Más te quiero sincera y leal que engañosa... por más que me lastime un poco el no haberte conocido cuando debí conocerte, y el descubrirte ahora, cuando la verdad de tu mentira, como dijo el otro, no debiera importarme...

Siguió a esto un largo silencio. Las aficiones policiacas contraídas en una noche habían despertado en Ibero curiosidades impertinentes; no pudo contener su avidez de examinar los objetos que le rodeaban, y dirigiéndose a la cómoda miró dos o tres libros, un retrato de señora colgado de la pared y un papel a medio escribir, que resultó apunte de ropa, hecho por mano para él desconocida. Ni esto, ni los grabados de periódico, adheridos con obleas a la pared blanca, eran materia sospechosa en la que pudiera encontrarse relación con los preparativos de un pronunciamiento militar.

«Lo que me has contado me hace el efecto de ver entrar la luz en un cuarto oscuro. El cuarto oscuro eres tú, y el que a ciegas estuvo en él, dándose trompicones contra las paredes, era yo... Enciendes tú la luz, y ahora te veo. Me alegro de conocerte. Resulta que la que yo tuve por muñeca, linda figura rellena de serrín, es mujer, con todo su relleno interior de sentimientos elevados... Tienes corazón... ¡vaya!, me alegro... Sabes lo que es amor, eres capaz de amar... Digo que me alegro y te felicito. Ya veo claro que tu desgracia viene de... De eso, del amor. Y ahora, completa tu confesión declarándome... porque aquí encaja la cuestión magna, Rafaela: ¿Quién es él?... ¿Te cuesta confesarlo? Pues yo te ayudaré, yo digo: «la que para mí y para todo el mundo ha sido muñeca, mujer ha sido para uno solo, y este uno es el caballero de anoche.»

XX

«Para el caballero de anoche... ¿Acierto? Respóndeme.»

—Es verdad lo que dices. No puedo negártelo.

—Pues ahora... has de decirme quién es.

—Te cuento el milagro, el santo no.

—¿No me darás siquiera alguna explicación para que pueda yo formar juicio...? ¿Es pasión antigua?

—Sí.

—¿Anterior a tu casamiento?

—No: después...

—¿Y es el único amor de tu vida?... El único verdadero y desinteresado, quiero decir.

—El único...

—¿Por qué lo tenías tan oculto? ¿Cómo llegó a tanto tu disimulo de esa pasión, que te formaste un carácter artificial para desorientar a cuantos te conocíamos?

—Lo guardaba porque era verdadero, porque era lo único bueno que yo conocía... Lo tenía bien guardadito en mi sagrario, sin que nadie lo viera, y a solas lo adoraba.

Daba Rafaela estas respuestas sin mirar a su confesor, inclinada hacia adelante, con las manos ante la boca, soltando las palabras por entre los dedos, como si estos fuesen la reja del confesionario.

«Muy bien —dijo Ibero, abrasado de curiosidad—. No me conformo, amiga querida, con que cuentes el milagro sin nombrar el santo. Necesito conocer a este; dime pronto su nombre.»

—Eso sí que no puede ser.

—No hay excusa. Si no me dices el nombre, la confesión no vale.

—La confesión vale sin el nombre. Ningún confesor pregunta nombres, Santiago.

—Pues yo los pregunto, porque no soy un confesor como otro cualquiera; soy un amigo.

—Los buenos amigos deben ser discretos.

—Dímelo, por Dios... te lo suplico.

—Imposible... No insistas.

—Pues necesito saberlo —dijo Ibero alzando la voz—. Es conveniente que lo sepa. Rafaela, no me obligues a tratarte con dureza.

—Con amenazas conseguirás lo mismo que sin ellas, pues aunque yo viera la muerte sobre mí, y aunque de contestar yo a tu pregunta dependiera mi vida, respondería lo que has oído ya. No puedo decirte más.

Tenacidad tan formidable reveló la pobre mujer en esta declaración, que Ibero retrocedió dolorido y algo colérico. No esperaba tal entereza; y como a terco no le ganaba nadie, hizo mental juramento de no salir de allí sin domar la fierecilla. No habiéndole resultado eficaz la investigación directa, acordó emplear la parabólica, con rodeos y hábiles artificios de palabra. «Ya que no me digas el nombre, dame al menos alguna referencia de tus relaciones con ese sujeto, para que yo conozca la extensión de tu desgracia y pueda aconsejarte los mejores remedios. Quedamos en que le conociste después de casada... ¿Fue antes de separarte de tu marido?»

—Antes.

—Corriente... Le conociste y te agradó... Sin duda es persona de superiores atractivos... Aunque también se dan casos de que las mujeres se vuelvan locas por hombres vulgares y sin ninguna gracia... Bueno: quedamos en que le quisiste ciegamente. ¿Tuvo tu hermana noticia de esta pasión?

—Sospechas, indicios... Siempre sin saber quién era la persona.

—Es, sin duda, persona de posición más alta que la tuya. Esto se ve claramente y no puedes negarlo.

—No lo niego... Es mucho más alta.

—Bien. En tus amoríos, de fijo hubo interrupciones, ausencias... A pesar de esto ¿era tu pasión durable, continua?

—Para mí como eterna, como lo que no puede tener cambio ni fin... Para él... Pero muchas cosas quieres saber.

—«Para él no» ibas a decir... Vamos, que le veías un día, otro día... pasaban semanas, meses quizá sin verle... ¿Puedes decirme si esto era antes o después del primer Ministerio Pérez de Castro?

—No me hables a mí de ministerios. ¿Qué entiendo yo de política?

—Es para precisar fechas... Otra cosa: ¿ese hombre tan amado por ti te daba esperanzas de que tú llegarás junto a él a una posición más regular, a una posición en que no tuvieras que avergonzarte de quererle?...

—Nunca me dio esas esperanzas.

—Luego eras para él un pasatiempo, un juguete para días, para horas quizás, menos, mucho menos de lo que has sido para nosotros...

—No sé... —murmuró Rafaela, los ojos húmedos, mirando al techo.

—Ahora, compagíname esa pasión que has pintado como sublime, con la otra pasión tuya de lujo. Yo, la verdad, no acierto a juntar en un solo corazón, en un solo carácter, dos querencias tan distintas, la una tan ideal y por lo fino, la otra tan baja.

—¿No entiendes eso? —dijo Rafaela mirándole como compadecida de su ignorancia en punto a pasiones—. Pues yo gustaba del lujo, y me lo procuré por todos los medios que se me venían a la mano. No pudiendo subir a las alturas por la escalera natural, dejaba que los diablillos me subieran volando. Yo quería subir... Más fácil me era verle... A él... Arriba que abajo, y arriba podría de algún modo atraerle, abajo no.

—Otra pregunta se me ocurre, y es delicada. Vas a darme la mejor prueba de amistad, contestándola lealmente. Dime: en el tiempo mío, en mi corto reinado, ¿veías y tratabas a ese hombre?

—No: te juro que no. No estaba en Madrid.

—¿En dónde estaba?

—Eso no te importa. Si hubiera estado aquí, ya ves si soy leal, te habría...

—Me habrías engañado... Dilo claro.

—Quizás no. Habría tenido el valor de decirte: «Santiago, no te quiero, no puedo ser tuya.»

—Bien. En tiempo de Catalá y de Don Frenético has tenido frecuentes entrevistas con tu ídolo. Eso no lo negarás... Bueno. Lleguemos a lo que podríamos llamar historia contemporánea, calentita... En estos días, deseando retenerle, te determinaste a salir de tu casa para gozar de alguna libertad. ¿Puedes decirme si le veías siempre en la calle de San Hermenegildo?

—Allí nunca... Fue una casualidad que nos vieras salir de aquella casa.

—Ya, ya comprendo. Vuestro nido era este, este el asilo de amor. Pero anoche supiste, no sé cómo... Eso ya me lo dirás algún día... Supiste que los que se reunían en aquella casa corrían peligro de ser descubiertos, y te faltó tiempo para llevar a tu amante el aviso de que se pusiera en salvo.

—No... No... Eso no es cierto —replicó Rafaela desconcertada—: fue porque tenía que hablarle...

—¿A qué iba tu hombre a esa casa?

—Yo no lo sé... Ni me importaba... Nos veíamos allí...

—Has dicho antes que allí no eran las citas de amor. Te contradices. Si en todo lo anterior has dicho la verdad, ahora no la dices: te lo conozco en la cara. Fuiste a dar el aviso, la voz de alarma... Por eso, a poco de entrar tú, salieron los mochuelos, uno a uno, o en parejas... ¡y que no llevaban el paso poco vivo! ¿Ves cómo sé la verdad, aunque tú quieres ocultarla?

—No sabes la verdad: la supones, la inventas para desorientarme. Ya no contesto a más preguntas. He confesado lo que debía confesar: lo demás no te importa.

—Ya verás si me importa —dijo Ibero lanzándose al método capcioso para buscar la luz—. Tampoco querrás revelarme los nombres de los que estaban reunidos con tu ídolo. Yo los sé... Aquel alto, que salió con otro de regular estatura, era don Leopoldo O'Donnell...

—¡Pero si O'Donnell está de cuartel en Pamplona!

—¿Y tú cómo sabes eso?

—Lo sé... No sé cómo.

—¿Niegas que uno de los que salieron era O'Donnell?

—Yo no niego ni afirmo; no sé.

—¿Niegas que el que salió solo, después de la pareja, era don Manuel de la Concha?

—¡Yo qué sé de Conchas ni conchos! Déjame en paz...

—¿Y me negarás también que entre los conjurados estaba un capitán indigno, llamado Vallabriga, pequeño, lívido, bilioso?... Claro, todo lo niegas... No has visto nada... Esta niña inocente pasa junto a los volcanes sin enterarse...

—Estás loco... yo no entiendo una palabra de eso —dijo Rafaela temblando de frío—. Me harás un gran favor dando por concluida mi confesión. No puedo más.

—Mucho siento mortificarte, Rafaela; pero la confesión no está concluida. Vuelvo a mi tema. Fáltame la clave de todo... El nombre.

—He dicho que no.

—¡El nombre!... Es necesario que yo lo sepa —dijo Ibero golpeando el suelo con el pie.

—Si hasta el día del Juicio final estás preguntándomelo, por los siglos de los siglos te responderé yo que no lo sé, que no me da la gana de decírtelo.

La obstinación de Rafaela, absolutamente inexpugnable al parecer, produjo en Santiago un arrebato de ira. Nunca la creyó capaz de guardar un secreto, imitando a los héroes, defensores de plaza sitiada. Nuevas intimaciones del coronel dieron el mismo resultado. Ni había podido escalar por sorpresa los muros, ni abrir brecha en ellos con furiosa embestida.

«¡Mira que conmigo no se juega; mira que estoy decidido a no salir de aquí sin tu respuesta!»

—Estate todo lo que gustes.

—Pues aquí me planto —dijo sentándose—. No lo tomes a broma. Primero te cansarás tú que yo.

—Cansada estoy de oírte, puedes creerlo; pero no por eso me rendirás. El callar es fácil... Yo callo y tú alborotas.

—Te digo que conmigo no juegas —gritó Ibero poniéndose en pie con súbito movimiento, y conminándola con reiteradas expresiones de amenaza, airado, descompuesto, brutal.

—No te vale tu fiereza —dijo la Milagro con dignidad flemática, envolviéndose en su manto, como un romano en su toga—. ¿Qué es lo peor que podrías hacerme? ¿Matarme? Pues a ello, Santiago. Aquí me tienes. No chistaré. ¿Crees que muerta he de decirte lo que viva me callo? ¿O piensas que amenazándome con puñal o pistola has de hacerme hablar no queriendo yo? Pruébalo. ¿Traes pistolas?

—No juegues, te digo.

—Espero el tiro en completa tranquilidad. Apúntame a la sien... Aquí. Ya ves. No me muevo... ¿O es que no traes arma de fuego? Pues ahí tienes la espada. ¿De qué te sirve ese chisme, si con él no me atraviesas el corazón, en castigo de que no quiero responderte? Haz la prueba, hombre... Ya ves... Soy más valiente que tú.

La actitud de la Milagro, que sentía o afectaba una rigidez de voluntad y un estoicismo a toda prueba, desconcertó a Ibero, sin aplacar su ira, antes bien, encendiéndola más. En un tris estuvo que las amenazas verbales se trocaran en bárbaras obras; pero el hombre supo echarse todo el freno, que tal era su principal virtud, y espaciando su cólera con pasos de tigre por la estancia, vinieron a resolverse sus furores en una brutalidad pueril. Cogió una silla, y de un solo golpe contra el suelo la hizo pedazos. Las astillas saltaron. El trozo de respaldo que le quedó en la mano voló a estrellarse contra la pared.

«¡Qué culpa tendría la pobre silla!» exclamó Rafaela.

—Alguna tuvo... En ella se sentaría ese hombre —dijo Ibero casi sin aliento, poniendo en su voz un matiz de humorismo lúgubre.

Siguió una pausa larguísima: en el espacio de ella sonó un reloj en la vecindad; después otro más lejano. ¿Qué hora era? Ninguno de los dos lo sabía; ninguno se cuidaba de apreciar la marcha del tiempo. Pero debía de ser muy tarde, porque el velón parecía próximo al total consumo de su aceite. Ibero se sentó al fin, diciendo, ya con voz más reposada: «Quedamos en que de aquí no me muevo hasta que hables. Mestizo de las razas de Aragón y Álava, soy más terco que la terquedad.»

Se acomodó en un sillón, poniendo delante una silla para estirar las piernas. Y ella, entapujándose más y cerrando los ojos: «Eres dueño de estarte aquí todo el tiempo que quieras: así se verá quién es más terco. Nos dormiremos, tú con tu curiosidad, yo con mi angustia.»

Transcurrió otro largo espacio de tiempo, en cuya longitud bostezante sonaron los relojes, dando un número de campanadas que ninguno de los dos se cuidó de contar. De improviso, y como si continuara una tranquila conversación suspendida por la pereza, Ibero preguntó a su amiga:

«¿Y ese hombre es casado? ¿Tampoco esto querrás decírmelo?»

—Es soltero; pero como tú, vive prendado de una señora ideal, de una Dulcinea; a esa mujer, más que verdadera para él, soñada, consagra su alma toda... Le pasa lo que a ti, que la dama está muy alta, y no podrá, no podrá llegar a ella...

—La altura de la mía no es tanta... ¿Por qué no he de llegar?

—Pues él no llegará, no llegará.

—¡Enamorado de otra! —dijo Santiago compasivo y triste—. Y a ti que tanto le quieres, que solo por él tienes alma y corazón; a ti, Rafaela, que para él vives, te trata como a una mujer a quien se encuentra en la calle, y en la calle se deja... ¿No es esto?

—Eso, o poco menos es.

—¡Dime su nombre, y te juro...! Vamos... No me conoces, no sabes de lo que es capaz Santiago Ibero... te juro que le persigo, le cazo, y te le traigo amarradito de pies y manos. Voy viendo que es un miserable ese hombre... Merece una lección dura.

—Pero no podrás tú dársela ni hay para qué. Mi destino es el sufrimiento, la muerte, y nadie me salva... Todo por querer a un hombre... Naturalmente, ha visto en mí una mujer extraviada... ¿Y cómo podría yo convencerle de que tal vez no lo sería si él me quisiera?

—Esas cosas no caben dentro del convencimiento. Lo que tú dices, es el sino... Tu desgracia no tiene remedio. Pídele a Dios que te dé el olvido.

—Lo pido; pero ya verás cómo no me lo da. Le querré siempre, y ahora más, ahora más.

—Explícame una cosa. ¿Anoche, disputabais sobre si os separaríais o no?

—Cierto: él decía que no era conveniente que nos viéramos más; yo que no puedo vivir sin verle. Las razones que él daba no puedo decírtelas. Fue una lucha tremenda... y en medio de la calle... Él no quería más que alejarse... Alejarse... y yo correr tras él, trincarle fuerte y no soltarle más. Por fin, hizo lo que quería. Yo me vine aquí desolada, el corazón partido en no sé cuántos pedazos. Pasé una noche horrible, y esta mañana ¡ay de mí!, recibí una carta suya...

—En que te daba la despedida...

—¡Para la eternidad!... —dijo Rafaela, rompiendo en un llanto desgarrador—. Se despedía... ya no nos veremos más... Su esfera y mi esfera son tan distintas, que no caben más aproximaciones... Así lo escribía... Me recomendaba la calma, la formalidad, y buscar en otro amor más ajustado a mi esfera... la... No sé qué... Me mató con esta carta... ¡y adiós para siempre! ¡Qué ingrato!

—¡Qué infame, dirás, qué monstruo de egoísmo!... Rafaela, dame la carta.

—La he roto —respondió la infeliz, anegada en llanto.

—Se podrá leer recogiendo los pedazos.

—Los he quemado.

—¿Las cenizas...?

XXI

El amarguísimo llorar de Rafaela, inútilmente combatido por las palabras consoladoras del buen Ibero, vino a parar en una congoja o espasmo con imponente anarquía de nervios, gritos de dolor, convulsiones, tentativas de arrancarse mechones de su espléndida cabellera. El coronel y los dueños de la casa se confundieron en el auxilio de la dolorida, prodigándole cuantos cuidados eran del caso; pero entre tantos médicos que aplicaban, ya remedios comunes, ya las exhortaciones cariñosas, solo el tiempo obtuvo resultado feliz. Al rayar el día, desgastada la energía nerviosa de la pobre mujer, acostáronla, y pena y trastorno entraron en la natural sedación. «Ahora te duermes —le dijo Ibero al despedirse—, y mañana, más tranquilos tú y yo, te diré lo que pienso. No te asustes: ya no te haré preguntas. Nada quiero saber; me doy por vencido, y levanto resueltamente el sitio que te puse... Veremos si aplaco a Manuel, y una vez reducido a la conformidad, lo que no creo difícil si tú me ayudas un poquito, te llevaré a tu casa... Adiós, hija, que duermas.»

Se fue el hombre, rendido del largo asedio, no satisfecho de sí mismo, pues habría sido más caballeroso que desde las primeras declaraciones de ella respetase su silencio. Aún no sabía si Rafaela, después de la incompleta confesión, se había empequeñecido o agrandado a sus ojos. Sintió un estupor extraño ante la imagen de ella, que apartar no podía de su mente: era Rafaela otra persona; la Perita en dulce perdíase en las brumas del pasado, como el recuerdo de personas muertas; en su lugar otra mujer aparecía.

Los quehaceres de aquella semana no distraían a Ibero de su cavilación tenaz. Rafaela era otra; Rafaela no era tal y como él la había visto, víctima de una equivocación, de un error de los sentidos y del entendimiento. ¿Valía más o valía menos después de manifiesta en su genuino ser? A la resolución de este acertijo consagraba el coronel sus horas, y si fatigado del mental devaneo lo arrojaba de su mente, pronto se le introducía en la bóveda cerebral con sutileza de ladrones, agregándose a otras ideas de muy distinta calidad, a ideas políticas, a ideas del servicio militar. Véase por qué no puso sus cinco sentidos, como parecía natural, en la elección de Regente, suceso memorable que debía despertar en él entusiasmo vivísimo por haber prevalecido la Regencia única, recayendo el voto parlamentario en el salvador y pacificador de las Españas, don Baldomero Espartero. El día en que acudió a felicitarle con la oficialidad de su regimiento, encontró Santiago al señor duque menos satisfecho de lo que creía, sin duda porque abrumaba su conciencia el peso de la responsabilidad que la Nación había echado sobre sus hombros. No encontró tampoco en Doña Jacinta ninguna señal de vanagloria, y oyó de sus labios esta frase donosa: «¡Ay, Santiago, más quiero reinar en la Fombera, en medio de un pueblo de patos y gallinas, que regentar en España! Este corral no es para nosotros.»

Cuando esto pasaba, ya el coronel había dado nuevo testimonio de su inaudita bondad a las desdichadas hijas de Milagro, pues no solo consiguió arrancar de la mente de Catalá, con un trasteo ingenioso, las ideas trágicas que hacían temer mayores escándalos, sino que condujo a Rafaela a su casa y la devolvió al cariño de sus hermanas y hermanitos, inventando todas las historias necesarias para cohonestar la ausencia. Fuera que su sino adverso no se hartaba de perseguirla, fuera que el Señor quisiera imponerle el castigo que merecían sus culpas, ello es que la pobre mujer no pudo gozar de la tranquilidad que su casa, tras las pasadas tormentas, le ofrecía, porque a los pocos días de entrar en ella, cayó con una insidiosa enfermedad que hubo de agravarse inesperadamente, degenerando en tabardillo. Altísima fiebre, delirio, pérdida de toda energía fueron los síntomas predominantes, y pasaban días y semanas con alternativas de mejoría y retroceso, sin que a la postre pudieran la familia y el médico esperar una solución que no fuese la irremediable. Ibero no dejaba pasar día sin ir a informarse, y en los de peligro acudía dos y hasta tres veces, traspasado de compasión cuando las noticias eran tristes, y alegrándose si observaba en las caras de Cavallieri o de María Luisa señales de esperanza. En ningún caso pretendía verla, temeroso de que su presencia despertara en la paciente recuerdos desagradables. María Luisa le contaba todo: el número de cucharaditas de medicina que había tomado, las tazas de caldo, las personas por quienes preguntaba.

Se administraron a Rafaela los Santos Sacramentos en primeros de mayo, siendo la confesión larga y compungida, y en el acto del Viático edificó a todos por su piedad. A la semana siguiente sobrevino un estado que calificaron de mejoría por la desaparición de la fiebre; pero su debilidad era tan extremada, que se le trastornó el sentido. «Anoche y esta mañana —dijo María Luisa al coronel, que ni un solo día desmintió su puntualidad— nos ha dado una sesión de política. ¡Cómo tiene la cabeza la pobre! Dice que vamos a tener otra revolución; que se sublevarán las tropas para quitar a Espartero la Regencia que ha robado, y dársela otra vez a la patrona de los moderados, Doña María Muñoz... ¡Qué risa! Lo cuenta todo como si lo viera. Dice que O'Donnell y otros militares que andan por París lo están fraguando, y que muchos que aquí pasan por fieles están metidos en el ajo.»

Ninguna observación hizo Ibero sobre estos delirios, y a los pocos días, cuando se decidió a penetrar en la alcoba, apenas cambió con Rafaela las expresiones comunes en visitas a enfermo. Grande era la demacración de la joven, tristísima la máscara que el estrago morboso había puesto en su dulce fisonomía. Los ojos se comían toda la cara, según la expresión de María Luisa. Nunca había visto Ibero retrato más vivo de la Magdalena, por su expresión de espiritualidad y de sentimiento intensísimo. El cabello espléndido aumentaba la semejanza; solo faltaban una calavera y una cruz tosca, para que fuese perfecta. Después de recomendarle que se alimentara poquito a poco, para recobrar la salud y el vigor, salió el hombre de la visita más triste que había entrado, y la imagen de la convaleciente ejerció una tenaz persecución sobre su espíritu. Llegó en aquellos días a sentirse contagiado del enflaquecimiento de su amiga: también él se contaba los huesos; también era mucho espíritu y escasa materia, y tomaba el cariz de un escuálido penitente del yermo; también perdía el apetito, y sentía un ardentísimo amor de la meditación y la soledad.

Entre las innumerables cosas raras que le pasaron al coronel Ibero en la primavera y verano del 41, se mencionarán algunas que no parecen indignas de la historia. Apenas se dio cuenta de que había disminuido el interés ansioso que comúnmente le inspiraban las noticias y correspondencia de La Guardia. Fue, en verdad, estupendo que faltasen un mes las cartas sin que él lo advirtiese ni de ello se inquietara; y cuando el correo las trajo, no se alegró todo lo que debía leyéndolas, ni saboreó con la fruición de otras veces su lisonjero contenido. Otro singular caso de los que le turbaron entonces fue que una tarde, casi una noche, pues anochecía, vio en la Puerta del Sol a un caballero que le recordó al misterioso acompañante de Rafaela en la calle de San Hermenegildo. ¿Era o no era? Su primera impresión fue la de una perfecta conformidad del rostro de aquel sujeto con la imagen que en rápido instante vio la noche de marras. Después dudó... Salía del Principal el señor aquel con tres personas, una de las cuales era conocida como de las más afectas a la situación; los otros dos pasaban por moderados rabiosos. Violes Ibero perderse entre el gentío, y se retiró tratando de cotejar en su mente facciones con facciones: las del sujeto que acababa de ver y las de otro personaje de historia que conoció en cierta casa donde por sorpresa le metieron una noche amigos oficiosos. No le fue difícil establecer la concordancia entre el sujeto que a la sazón veía y el del Postigo de San Martín; mas la de éste con el caballero de Rafaela, no le salía. Tan pronto le parecía el uno más alto, tan pronto más bajo el otro, y el aire, color y andares no eran los mismos. No hubieran quizás embargado su ánimo estos cotejos en otras circunstancias; pero en aquellas no podía librarse, por extraña rutina de su mente, de consagrarles más atención de la que sin duda merecían.

La persona con quien más intimó en aquel tiempo fue su paisano Bretón, que desde el tropiezo de La Ponchada, pieza infeliz en que ridiculizó a la Milicia, venía corriendo un temporal duro, agravado por la cesantía. El infeliz poeta, desamparado de la administración, no tuvo más remedio que tirar de pluma, y su fecundidad fue en aquel año progresista más prodigiosa que nunca. En el Liceo y en el Príncipe estrenó varias obras con vario éxito, ocultando a veces su nombre, temeroso de los milicianos, que, por atreverse con todo, también faltaban al respeto a las musas. Ibero tomaba la causa de Bretón como propia, llevando al teatro en las noches de estreno una imponente alabarda, compuesta de los amigos de Saboya y de toda la gente decidida que podía reunir. Pero así como el más tranquilo refugio de Bretón fue por entonces el Liceo, mansión neutral, apacible templo de la poesía y las artes, también Ibero buscó en aquel oasis la frescura y descanso que su alma necesitaba. Allí se encontraba una noche, oyendo recitación de versos, cantorrio de cavatinas y salmodia de discursos, cuando fue a buscarle con prisa el ayudante de su regimiento de parte del brigadier Linaje. «Creo, mi coronel –le dijo al salir–, que nos mandan a Vitoria.»

No tardó en confirmar el secretario del Regente la disposición que a satisfacer venía, después de tanto tiempo, los deseos del caballero alavés. Al fin los hados benignos, y en su nombre el señor duque de la Victoria, levantaban el destierro de un corazón amante para que corriese al lado de su ídolo, poniendo fin a una separación que era la mayor crueldad de los tiempos pretéritos y futuros. Pero como en aquel periodo de la vida de Ibero venían a producirse todos los sucesos con un contrasentido que era burla de la lógica y juguete de la razón, resultó que la noticia de su traslado, en vez de inundar de resplandores el alma del coronel, condensó sobre ella nubes, dudas, tristezas... No sabía lo que era aquello, porque si su voluntad, por el movimiento adquirido, persistía en querer lanzarse al Norte, al propio tiempo el alma toda se le inmovilizaba en una inercia estúpida, contra la cual poco podían voluntad, antiguos deseos y compromisos.

Como era forzosa la obediencia, no había que pensar ni en discutir la orden. De labios de Linaje oyó confirmada la disposición; mas no era Vitoria el punto de su destino, sino Pamplona, a las órdenes del capitán general Ribero: probablemente se le daría un mando en la brigada de su antiguo jefe y maestro, Zurbano. Esto le desconcertó, pues había presumido que al frente de Saboya iría. No, no: Saboya quedaba en Madrid, y él iba sin mando, con otros dos jefes, Seisdedos y Clavería, criados también a los pechos de don Martín. «Se conoce –pensó Ibero– que del Norte vienen soplos de frío, y hay que templar aquel ejército con soldados de los que echan lumbre. Pues, Señor, al Norte, a la guerra. Olor de sangre me da en la nariz. Venga bendita de Dios, si ha de ser para bien mío y de la libertad.»

Habiéndole marcado un plazo improrrogable para la salida, no se despidió más que de los que habían sido sus subalternos, de los amigos Bretón y Espronceda, y de la familia de Milagro, a la cual consagró todo el tiempo de que en su último día de Madrid pudo disponer. María Luisa lloraba su partida como la mayor desgracia que sobre la casa podía recaer, y Cavallieri no hacía más que suspirar con grave diapasón de bajo profundo. Rafaela, ya levantada, mas sin poder moverse de un sillón y recobrándose muy lentamente de su debilidad, sostuvo con él un corto diálogo en que le aconsejó precaverse contra las balas. Cuando al Norte se le mandaba con tanta prisa, era que teníamos guerra en puerta. Que esta sería implacable, cruelísima, sanguinaria, ella lo sabía por seguros indicios, por sueños terroríficos y pesadillas espantosas que aquellas noches la atormentaban. Llevado de una secreta inclinación a pensar y sentir como Rafaela, apoyó Ibero los vaticinios lúgubres de su amiga. También él había tenido sueños horribles, y veía los ríos del Norte enrojecidos por española sangre. Si Dios así lo permitía y quizás lo ordenaba, ¿qué remedio había más que cumplir la soberana voluntad? Diéronse las manos, apretándoselas fuertemente durante un tiempo, que no se sabe cuánto tiempo sería, y Rafaela le miró de un modo singular, con piedad y dulzura inefables, o al menos, él así lo veía. Tal impresión le hizo aquel mirar, que creyó llevarse los ojos de ella dentro de los suyos... Y pronto hubo de ver que ni cuando él dormía, dormían los ojos intrusos... Siempre alerta, siempre cebándose en un mirar continuo, eterno.

XXII

Como se le señaló la ruta de Soria y Alfaro, no había que contar por el momento con una escapadita a La Guardia. Divertido habría sido para Ibero el viaje si el hombre se encontrara en mejor disposición de ánimo, porque sus compañeros Clavería y Seisdedos eran los caracteres más abonados para la vida de bromas y regocijo: de un viaje molesto y con mil peripecias fastidiosas hacían un divertido Carnaval. La caminata por pueblos alcarreños y sorianos fue una continuada serie de escenas cómicas, incluyendo en este género, no solo los encuentros felices, los galanteos y comilonas, sino también los peligros, retrasos, vuelcos y fatigas. Pasaron el Ebro por Alfaro, y ansiosos del descanso que sus molidos cuerpos necesitaban, siguieron hasta la nobilísima ciudad de Olite, asentada en un llano fértil. En la corta guarnición encontraron no pocos amigos, entre ellos Baldomero Galán, gobernador militar de la plaza, que se tuvo por dichoso de obsequiar al coronel Ibero aposentándolo en su casa, donde tanto él como su digna esposa, Doña Salomé de Ulibarri, se desvivieron por hacerle grata la existencia en el tiempo que durara su descanso. Regalada era allí la vida por la abundancia y variedad de comestibles de la tierra, y por el esmero y arte que en el condimento de almuerzos, comidas y cenas ponía la señora de

Galán, la cual, entre paréntesis, era una mujer guapísima, de ojos negros, deslumbrantes, de aire desenvuelto y franco, el habla graciosa con golpes de baturrismo.

Muy bien lo pasó don Santiago en tal compañía. Llevole Galán a visitar las hermosas ruinas del castillo, predilecta morada de los Reyes de Navarra en siglos remotos, y estando el coronel con su patrón y amigo embebecido en la admiración de los soberbios baluartes corroídos por el tiempo, de los gallardos torreones festoneados por lozanas hierbas que en las grietas crecían, vio salir por entre los muros del despedazado monumento a un hombre, cuyo rostro le causó singularísima impresión de estupor y miedo. Era rostro conocido; no se le despintaba. Mirándole atentamente, advirtió su condición de caballero, que el traje no desmentía; tras él, saltando también por entre los sillares arrumbados, iba otro sujeto, que saludó cortésmente a Galán al paso. Apenas les vio desaparecer entre las ruinas, pidió Ibero informes acerca de ellos a su comilitón, y éste le satisfizo con lo que sabía: «El que me ha saludado es don Francisco Tiemblo, vecino de Olite, persona, según dicen, de mucha sabiduría en achaque de historias, el que aquí más entiende de lo que fueron y significan estas piedras antiguas. De memoria le refiere a usted todos los letreros, y le explica las figuras que vemos en las iglesias de San Pedro y Santa María y en el convento de Claustrales, madriguera frailuna que fue. El señor que va con él es de Madrid, según creo, y aficionado también a estas quisicosas de la caballería andante. Por lo que le oí no hace muchas tardes, paseándonos aquí con varias personas del pueblo, pienso que es poeta, de estos que lo tienen por oficio, pues a cada triquitraque soltaba un verso y se pasmaba delante de las ruinas, que visita de día y de noche. No le conozco, ni don Francisco me ha dicho su nombre, o porque no lo sabe o porque no quiere decirlo.»

—Y ese señor arqueólogo ¿qué opiniones tiene? ¿Es liberal?

—¡Anda, anda... Si es más moderado que Judas!

No hablaron más del asunto, y se fueron a comer. Ibero pasó una tarde tristísima, negándose a toda distracción y a los pasatiempos de billar, damas o ajedrez que Galán le propuso. Creyendo la patrona que le había hecho daño la copiosa comida, preparábale infusiones de diferentes hierbas, que el coronel no quiso tomar. Pasó la noche luchando con el insomnio, perseguido por la imagen de Rafaela, que no le dejaba vivir, le mordía el pensamiento (así como suena), y armaba un terrible desconcierto revolucionario en su desquiciada voluntad. Procuraba desecharla; pero ella, la pertinaz imagen de Magdalena penitente y cabelluda, hacía que se iba, y tornaba más luminosa, más bella. Lo peor del caso era que a ratos gozaba tanto en contemplarla, que no cambiara aquel goce por ningún otro del mundo. Hacía propósito de imponerse el correctivo de huir de la Milagro para siempre, de no volver a estar donde ella viviese; pero dudaba que pudiera cumplirlo. Grande era la atracción del abismo: ¿se arrojaría en él, o emplearía el tiempo mirándolo desde la boca, para que con la continuada vista de la hondura se le pasaran las ganas de arrojarse?

Dispuso la partida hacia Pamplona para la mañanita del tercer día, y la noche precedente, después de cenar, le dijo Galán con misterio: «Ha venido a verme el amigo Tiemblo con la incumbencia de que el señor aquel de las ruinas, el poeta, desea hablar un ratito con usted, mi coronel. Me pregunta si debe venir aquí, o si prefiere usted ir a su casa, que es la posada de Fadrique, la mejor del pueblo. Me temo que éste trae la mala idea de leerle a usted versos, pues yo sé que a otros los ha leído, y en verdad que no han quedado satisfechos, por ser muy melancólico lo que el tal discurre. Para mí que está algo tocado. ¿Qué contesto?»

—Que iré a su posada mañana temprano —replicó Ibero con propósito de hacer lo que decía; mas al amanecer, después de otra noche de cruelísimo desvelo, sintió desgana horrible de acudir a la cita. El personaje incógnito, fuera o no quien sospechaba, le infundía miedo, un terror instintivo, primario, y no porque de él temiese ningún daño material: temía que su presencia, su habla, despertasen un tumulto de pasiones, quizás sentimientos contrarios, el odio, la admiración, el cariño, la envidia...

No, no, no. Mejor era que partiese sin verle. ¿A santo de qué venía tal entrevista? No mil veces: él se largaba por su camino, y quisiera Dios que en ningún punto se encontrara con el caballero hermoso y triste. Firme en su propósito, partió con sus compañeros, y el otro, que desde muy temprano le esperaba, saliendo al balcón de su aposento siempre que sentía pasos en la angosta calle, se descorazonó cuando ya muy avanzada la mañana le dijeron que el señor coronel Ibero, con los comandantes Seisdedos y Clavería, llevaba una hora de camino en dirección de Tafalla.

«Nos ha dado un buen quiebro —dijo al melancólico, sin ánimo de consolarle por aquel contratiempo, un individuo que desde la tarde anterior le acompañaba y al nombre de Gallo respondía—. No lo esperaba de un chico tan atento... Por supuesto, como nada habíamos de sacar, más que nosotros pierde él, perdiendo su opinión de persona fina. Y pues este pueblo ruin ha dado ya de sí todo lo que podía dar, vámonos con viento fresco a Estella, de donde bajaremos a Viana, para seguir luego a La Guardia...

—Vámonos —repitió el otro suspirando, sin poder desechar el enojo del desaire sufrido—, y en otra parte seremos más afortunados, aunque voy viendo que no se encuentran caballeros a la vuelta de cada esquina. El siglo los va descastando, y llegará día en que no se halle uno para un remedio. Vámonos.

En un cochecillo derrengado partieron antes de mediodía hacia Tafalla, y sin entrar en esta ciudad siguieron a Estella por Larraga y Oteiza, con calor sofocante, respirando un aire seco y polvoroso. A media tarde comenzó a cubrirse el cielo de nubes pardas, que avanzaban del Oeste, y con ellas de la misma parte venía un mugido sordo, intercadente, como si por minutos se desgajaran los montes lejanos y rodando cayeran sobre la llanura. No era floja tempestad la que se echaba encima. Para zafarse de ella, apalearon los viajeros al infeliz caballejo que tiraba del coche; mas no obtuvieron la velocidad que deseaban. Descargó la primera nube antes que llegasen a Oteiza. El iracundo viento quería revolver los cielos con la tierra, y durante un rato el polvo y la lluvia se enzarzaron en terrible combate, como furiosos perros que ruedan mordiéndose. Los giros del polvo querían enganchar la nube, y esta flagelaba el suelo con un azote de agua en toda la extensión que abrazaba la vista. El polvo sucumbía hecho fango, y retemblaba el suelo al golpe del inmensísimo caer de gotas primero, de granizo después. Los campos trocáronse un instante en lagunas; retemblaba el caserío de las aldeas como si quisiera deshacerse, y los relámpagos envolvían instantáneamente en lívida claridad la catarata gigantesca. Grandiosa música de esta batalla era el continuo retumbar de los truenos, que clamaban repitiendo por todo el cielo sus propias voces o conminaciones terroríficas, y cada palabra que soltaban era llevada por los vientos del llano al monte y del monte al llano. Como al propio tiempo caía el Sol en el horizonte, y la luz se recogía tras él temerosa, iban quedando oscuros cielo y tierra, y la tempestad se volvía negra, más imponente, más espantable. En la confusión de ella se perdieron, como la hoja seca en medio del torbellino, los cuitados viajeros que a media mañana habían salido de Olite en un mezquino carricoche. Se les vio luchar contra los elementos desencadenados, avanzar por en medio de la espesa lluvia y del desatado viento, queriendo achicarse y escabullirse; pero tal navegación era imposible, y en la revuelta inmensidad desaparecieron bien pronto el carro y caballo y caballeros.

Para encontrar nuevamente a los que aquel día desafiaron a la irritada Naturaleza, hay que dejar pasar días, meses, y no habrá que rebuscar media España para dar con ellos, pues reaparecen a cara descubierta y a plena luz en la por tantos títulos ilustre ciudad de Vitoria, cabeza del territorio alavés. Álava, con Navarra, Guipúzcoa y Vizcaya, es la tierra que podríamos llamar del martirio español, el fúnebre anfiteatro de sus luchas de fieras, y el redondel en que se han despedazado los gladiadores, por el gusto de las peleas y la embriaguez de la sangre. Allí las cañas han sido siempre espadas, los corazones hornos de coraje, la fraternidad emulación, y las vidas muertes. Allí las generaciones han jugado a la guerra civil, movidas de ideales vanos, y se han desgarrado las carnes y se han partido los huesos, no menos ilusos que los niños jugando a la tropa con gorros de papel y bayonetas de junco. Pues allí, en una de las cabeceras del territorio éuskaro, que los liberales no entregaron jamás a la facción, aparece el melancólico galán de la causa de María Cristina, levantando bandera negra contra el Regente, a quien declara usurpador, y haciendo tabla rasa de toda ley y estado posteriores a la renuncia de la gobernadora en octubre del año anterior. Ya tenemos en campaña otra guerra fratricida, en nombre de principios más o menos claros, invocando el sagrado lema de la defensa de la débil mujer contra el varón fuerte, de los derechos de la sangre contra los artificios de la soberanía nacional.

Don Manuel Montes de Oca, el más ardiente paladín de la Regencia de Cristina, el que la proclamó condensando en una idea política el sentimiento poético y la caballeresca devoción de su alma soñadora, noble en su delirio, grande en su loco intento, al propio tiempo insensato y sublime, gigantesco y pueril, aparece en Vitoria al frente de un artificio de Gobierno, con poderes reales o figurados del soberano ausente. Sin pararse en barras, contando con la insurrección de generales en Zaragoza y Pamplona, sostenido en Vitoria por la guarnición que se subleva al mando del comandante general Piquero, entra en funciones como presidente de la Junta Suprema de Gobierno, mientras llegaba Doña María Cristina, con una resonante proclama en que dice:

La Nación no reconoce, vosotros (a los nobles vascongados y navarros se dirigía) no podéis reconocer como válida y legítima la renuncia del Gobierno de la Monarquía hecha por Su Majestad en Valencia, porque fue, y así lo ha declarado Su Majestad, un acto insolente de fuerza...

Doña María Cristina es la única Regente y gobernadora del Reino; la única tutora de las ilustres huérfanas llamadas a regir los destinos de esta Nación tan rica de gloria como escasa de ventura. Esta es la bandera de los leales; esa bandera se levanta hoy en todos los ámbitos de la Monarquía española... Los generales más ilustres, los militares valientes, los que ganaron en campos de batalla honrosas cicatrices, los que nunca faltaron a la fidelidad ni nunca cometieron el crimen de perjurio, siguen esa bandera magnífica y radiante que conduce a la victoria. Ella es el símbolo de nuestra santa Religión y de nuestra católica Monarquía... Con ella triunfaremos nosotros como triunfaron nuestros padres.

XXIII

Armado de nuevo el sangriento juego nacional, los desgarrados pendones, un tanto sucios ya del largo uso sin la renovación conveniente, se vieron otra vez en alto añadiendo a sus lemas el de la sacratísima Religión. Para mayor gloria de esta, se levantaban en armas cuatro caballeros, hijos de la política los unos, del ejército los otros, y por dar mayor fuerza a su audaz aventura, agregaban a su bandera el programita de restablecimiento de fueros, cebo magnífico para llevarse consigo a toda la población éuskara, pisoteando el Convenio de Vergara. Bien, bien. ¡Qué delicioso país, y qué historia tan divertida la que aquella edad a las plumas de las venideras ofrecía! Toda ella podría escribirse con el mismo cuajarón de sangre por tinta, y con la misma astilla de las rotas lanzas. El drama comenzaba a perder su interés, por la repetición de los mismos lances y escenas. Las tiradas de prosa poética, y el amaneramiento trágico ya no hacía temblar a nadie; el abuso de las aventuras heroicas llevaba rápidamente al país a una degeneración epiléptica, y lo que antes creíamos sacrificio por los ideales, no era más que instinto de suicidio y monomanía de la muerte.

Los primeros días del alzamiento fueron risueños, días de esperanzas y de ciego optimismo. Vista la insurrección desde Vitoria, que parecía ser su centro y atalaya, la idea sediciosa prendía en todo el territorio vasconavarro como el incendio en la seca mies. A la voz de Montes de Oca, que lanzaba a los pueblos endechas rimbombantes, responde Bilbao, sublevándose también con su Diputación al frente, y parte de la Milicia Nacional. Montes de Oca tira de pluma y devuelve a la invicta villa en un decreto el derecho de Bandera y otros privilegios abolidos; en Miranda toma partido por Cristina el Provincial de Burgos, que a Vitoria se dirige para dar su apoyo al movimiento; Portugalete y Orduña se pronuncian también; el cura de Dallo y el escribano Muñagorri reúnen al instante sus partidas y se lanzan por collados y montes a matar liberales. En tanto daba mayor vuelo a la insurrección el general don Leopoldo O'Donnell, que había ganado el regimiento de Extremadura y un escuadrón de Caballería, y con ellos proclamó la bandera de Cristina y Fueros en la ciudadela de Pamplona. En Zaragoza, Borso di Carminati echaba mano al segundo regimiento de la Guardia Real, y salía con él para llevárselo a O'Donnell. Toda esta fuerza, con el batallón y los escuadrones que Piquero había sublevado en Vitoria, eran una base admirable de insurrección. Ya vendrían luego más pronunciamientos de tropas donde menos se pensara, que bien se había trabajado en la seducción de jefes. Todo era empezar: los primeros que se lanzaron daban la mejor prueba de iniciativa heroica, de que luego tomarían ejemplo los reacios y pudibundos. Pero las más risueñas esperanzas de los aventureros de Vitoria estaban en Madrid, donde levantarían la propia bandera media docena de adalides militares, los más ilustres de nuestro ejército, la flor de los héroes de la última guerra. En cada correo creían recibir el notición de que la Regencia elegida por las Cortes era un cadáver, y de que sobre él se alzaba ya la soberanía incuestionable de la reina gobernadora, devuelta al amor de España.

En su residencia oficial de la Diputación trabajaba don Manuel Montes de Oca sin dar paz a su mente ni a la pluma, despachando los asuntos varios que en aquel embrión de Gobierno pendían de su autoridad como vicario indiscutible de Doña María Cristina, y desempeñaba su papel con tal fe y ardor, que era lástima no fueran aplicados a más práctico objeto. De noche, cuando hallaba algún espacio para dar reposo a su fatigado espíritu, solía pasearse solo o con un par de amigos fieles por la soledad del Campillo, núcleo de la antigua ciudad, o recorría las calles concéntricas que lo cercan; y en verdad que no podía espaciar sus ilusiones por sitios más apropiados al carácter feudal y poético de ellas. Los monumentales caserones habitados por el silencio, las calles que en rueda circundaban el primitivo recinto, encorvándose unas sobre otras, y enlazando su término con el punto de partida, reproducían al exterior el giro poético de la imaginación del paladín que amaba el pasado, y lo llevaba de continuo en el pensamiento, en una u otra forma, siempre volteando sobre sí mismo. La colegiata, majestuosa en el barroquismo de su robusta torre; los palacios del Cordón, de Álava y de Bendaña, que hablaban con sus rostros de piedra el lenguaje medieval, le acariciaban los pensamientos y se los hacían más luminosos. ¿Por qué no habíamos de ser lo que fuimos, nación de santos y de héroes? ¿Por qué no habíamos de restablecer las grandezas de la sangre y de la inspiración, del militar coraje y de las virtudes sublimes? Al par que esto, deseaba la ilustración, la libertad con medida, la práctica de todas las virtudes domésticas y públicas, y el culto de las artes y las letras. La grosería le enfadaba; la irrupción de las muchedumbres ignorantes, que imponer querían su fuerza, su garrulería y suciedad, le sacaba de quicio, y por encima de todo poder ponía el histórico, que en el caso de autos recibía mayor realce del consorcio feliz de la soberanía con la belleza y de la majestad con la gracia.

Era, en suma, don Manuel Montes de Oca representación viva de la poesía política, arte que ha tenido existencia lozana en esta tierra de caballeros, mayormente en la época primera de nuestra renovación política y social. Desde que se introdujo la novedad de que todos los ciudadanos metieran su cucharada en la cosa pública, empezaron a manifestarse los varios elementos que componían la raza; y si vinieron al gobierno los hombres de temperamento peleón y los militares de fortuna; si entraron los abogados y tratadistas con todos los enredos de su saber forense y su prurito de reglamentación, no podían faltar los trovadores, que se traían un ideal de la ciencia gubernativa, derivado, más que de la realidad, de los manantiales literarios. Más de cuatro poetas o trovadores hemos tenido en la vida pública de este siglo de probaturas; que ellos son fruta espléndida, abundantísima, de uno de los seculares árboles del terruño español, y gran daño han producido anegando las ideas en la onda sentimental que derramaron sobre algunas generaciones. El pobrecito Montes de Oca, por ser de los primeros y haberle tocado la desdicha de venir con su lira en una época tumultuosa y candente, fue víctima del error gravísimo de querer dar solución a los problemas de gobierno por la pura emoción; pagó con su vida su desconocimiento de la realidad; merece una piedad profunda, porque era espejo de caballeros y el más convencido y leal de los poetas políticos. Otros que vinieron después han perecido ahogados en su propia inspiración.

No transcurrieron muchos días de octubre sin que las ilusiones de los revolucionarios de Vitoria (en nombre de la reina Cristina y por su expresa delegación) comenzaran a marchitarse. Por el lado de Zaragoza y Pamplona no iban las cosas muy a gusto del presidente del gobiernillo provisional, porque la tropa que sacó Borso di Carminati, vivamente perseguida por el general Ayerbe, no quiso pasar de Borja, capitularon los oficiales, algunos soldados volvieron a la disciplina y otros se dispersaron, quedándose solo el infeliz caudillo italiano, que pronto había de ser cogido y fusilado. En las Provincias Vascongadas no contaba la insurrección con éxitos notorios, porque desde San Sebastián avanzó Alcalá, aventando a toda la chusma de Muñagorri y del cura de Dallo; y si bien Urbistondo y los miqueletes bilbaínos adelantaban algo en el interior de Vizcaya, se veían amenazados por Iturbe y Simón de la Torre, que permanecieron fieles a Espartero. En tanto Zurbano, con los Provinciales de Laredo y Logroño, se posesionaba de Miranda, preparándose a invadir la Llanada. El incansable guerrillero supo aprovechar la torpe división que los insurrectos habían dado a sus fuerzas, y avanzó resueltamente, ocupando el puente de Armiñón; al paso encontró a siete miñones que llevaban despachos de la Diputación rebelde, y les fusiló sin piedad, dispuesto a hacer lo mismo con Piquero y con todo jefe insurrecto que encontrase, cualquiera que fuese su categoría.

La noticia de estas atrocidades, fruto natural de la guerra, tal como aquí comúnmente se hacía, llegó a Vitoria juntamente con la mala nueva del fusilamiento de Borso en Zaragoza, y un desaliento tristísimo se apoderó de los que habían abrazado la causa sentimental. Pero el esforzado corazón de Montes de Oca no se abatió con aquellos reveses, ni amenguaron su confianza en el triunfo definitivo. De alguna parte había de venir el remedio, por ser divina la causa que defendían, como pleito del derecho contra la usurpación, y, en cierto modo, de lo bello y delicado contra los avances de la grosería y del prosaísmo.

No tardó el gobernante sedicioso en verse poseído del delirio medieval, a que le llevaba su numen político informado en el Romancero, y se metió en el peligroso callejón de las represalias, de que difícilmente se sale: la muerte de los miñones le indujo al error de poner a precio la cabeza de Zurbano. Creyó, sin duda, que no faltarían en su mesnada hombres con la ferocidad suficiente para cortar aquella cabeza y llevársela, con lo cual creía fácilmente decapitado el cuerpo soez de la bestia patriotera y repugnante que arrancado había su diadema a la más hermosa de las reinas de fábula. Suelen tener sus quiebras estos dramáticos arranques, y entonces se vio más que nunca la inseguridad del procedimiento, pues Zurbano no parecía dispuesto a dejarse degollar; al contrario, marchaba por la Llanada resuelto a cercenar todas las cabezas que pudiese, y hacer con ellas espantoso adorno de los caminos.

En esto, el general Aleson ocupaba los desfiladeros de Pancorbo y Rodil, con numerosa hueste, partía de Burgos para perseguir a O'Donnell y desbaratarle si salía de la ciudadela de Pamplona. Iban tomando cada día peor cariz las cosas del naciente reino cristino, tan mal fundado en los cerebros de unos cuantos calaveras del ejército y la política: de pronto supieron el fracaso de la intentona de Madrid, el combate en la escalera de Palacio y la fuga de los audaces caudillos, que en plena Corte habían concebido el proyecto, más propio de gigantes que de hombres, de secuestrar a la reina y llevársela a Vitoria, sede provisional de su autoridad. Todo ello era absurdo, propio de un partido de orates, y así salió... Mas no se crea que el desengaño traído por estas noticias se comunicó al espíritu alucinado de Montes de Oca, ni que desmayó su temeridad, no: de su cabeza, en que bullía la

leyenda; de su corazón, inflamado en sentimientos de monarquismo romántico, brotaron nuevas energías; y cuando los hombres prácticos, sabiendo
la ocupación de la Puebla por don Martín, mostraron el gravísimo peligro
de continuar en Vitoria, se obstinó en permanecer en ella, organizando una
defensa que por lo brava y tenaz emulara las de Zaragoza y Gerona. Tal
era su pensamiento cuando la insensata empresa de restauración estaba
perdida, y los más ardientes auxiliares de ella no pensaban más que en la
fuga o en el escondite, aguardando a que pasara el nublado para procurarse
una saludable reconciliación con el Regente. Pero Montes de Oca no cejaba.
Abrazado había la causa de la Señora, y enarbolado su bandera con un
ardor semejante al de los cruzados que iban a combatir por el sepulcro de
Cristo; otros procedían por egoísmo y despecho; él por una fe generosa, y
por la devoción, que otro nombre no puede dársele, de la reina que era su
ídolo. No daba entrada al miedo en su corazón, ni cuartel a los arbitrios de
la cobardía, ni a componendas o transacciones. Era hombre macizo, homo-
géneo, sin las complejidades que la vida moderna exige a todos los que
en ella buscan algo de provecho. ¡Lástima de primera materia, tan sólida
y pura, en un siglo que no suele emplear para sus grandes obras lo pura-
mente elemental, en un siglo de combinaciones y de alquimias cada día
más complicadas! Toda la caballería del bravo Montes de Oca, toda su exal-
tación de gobernante poético, tenían por ideal sostén la soñada más que
real persona de una reina, cuya capacidad para dirigir a la Nación no había
sabido manifestarse claramente. Él, no obstante, adoraba en ella, creyéndola
adornada de atributos intelectuales y morales no menos efectivos que los
de su seductora belleza. Valía más el Quijote que la dama, y era ella menos
ideal de lo que la suponía el ofuscado caballero. Si en la imaginación de este
ahechaba perlas, a la vista de todo el mundo ahechaba trigo candeal superior la buena de Aldonza Lorenzo.

XXIV

Semejante a los héroes de un cuento infantil, se obstinaba Montes de Oca,
falto de todo recurso y amenazado de una deserción total de su gente, en
defenderse dentro de Vitoria, sacrificando la vida de esta ciudad al orgullo
de una causa que no debía interesar grandemente a los hijos de Álava. Ya

que la victoria se presentaba difícil por el momento, quería el caballero un poco de leyenda, y si Dios disponía que él y sus fieles pereciesen ante un enemigo superior, se enorgullecía pensando concluir a la numantina. Pero las nubes que ennegrecían el horizonte eran cada vez más temerosas, y aunque el hombre continuaba insensible al miedo, confiado siempre en los auxilios imaginarios que había de recibir de nuevas sublevaciones, por fin le determinó al abandono de la plaza un hecho que hubo de abatirle los ánimos más que el aluvión de tropas enemigas y la merma creciente de las suyas. Fue que los generales que iban contra Vitoria agregaron a la orden del día un papel enviado de Madrid, dando cuenta de la comunicación de nuestro Embajador en París, don Salustiano de Olózaga, el cual venía con el cuento de que la propia cosechera, Doña María Cristina, le había dicho, mutatis mutandis: «¡Pero si yo no sé nada de esa insurrección, ni tengo nada que ver con esos locos! No solo soy extraña al movimiento, sino que lo repruebo terminantemente.» El efecto que esto hizo en el valeroso paladín ya puede suponerse: no creía que el cuento del diplomático fuese verdad; teníalo por una de tantas mentiras diplomáticas, empleadas como resorte político; no le cabía en la cabeza que habiendo Cristina puesto en manos de los sublevados armas y bandera, renegase de sí misma y de su causa cuando la conceptuaba perdida, y llamase locos a los que por ella daban su sangre y su honor. Esto no podía ser: tales villanías, cosa corriente en el carácter falaz de Fernando VII, no cabían en la nobilísima condición de la reina, toda rectitud, lealtad y entereza, según Montes de Oca. Sobre esto no tenía duda el exaltado caballero, y la ideal Soberana no desmerecía en su pensamiento por las malicias de Olózaga. Lo que agobió su ánimo valeroso fue que aquellas mentiras entraron fácilmente en los cerebros de todos los que le rodeaban; que el vecindario de Vitoria les dio fácil crédito, y las aceptó hasta con gozo, viendo en ellas el mejor pretexto para dar término rápido a la insurrección, y librarse de los desastres y apreturas de un sitio. Ya no podía Montes de Oca sostener la moral de la plaza, ni menos el entusiasmo, harto ficticio y ocasional, por la que fue gobernadora; cayó de golpe desde la cumbre de la poesía política a una realidad miserable. Llegaba el momento de huir, exponiéndose a una muerte ignominiosa, la del pirata o bandido. Salió, pues, de la plaza, acompañado de Piquero y de los militares y paisanos comprometidos, sin más tropas que los miñones y algunas compañías de Borbón. Muy distante ¡ay!, se hallaba de la ocasión en que puso a precio la cabeza de Zurbano; nadie pensaba en traérsela, y en cambio, Rodil pregonaba la de Montes de Oca, ofreciendo por ella diez mil duros... Vamos, no era mal precio, dado el escaso valor que ordinariamente tenían en el mercado de nuestras guerras civiles las cabezas humanas, aun siendo de las mejor provistas de sólidos tornillos.

La salida fue tristísima, nocturna, sigilosa. Antes de que amaneciera, en la rápida marcha por el puerto de Arlabán hacia Vergara, desertaron las compañías de Borbón, y se fueron a Miranda para presentarse al general de Espartero. Celebraban consejo los fugitivos para determinar el camino que debían seguir. No pocos oficiales comprometidos señalaron como la mejor dirección de escape la de la costa Cantábrica; sabían de un barco preparado en Lequeitio para recoger a los que quisieran fiar su salvación al mar. Montes de Oca, aunque marino, prefirió seguir por tierra la derrota de la frontera; despidiéronse allí no pocos amigos y compañeros de locura, entre ellos el comandante Gallo y otros que andando el tiempo fueron generales, y se encaminaron hacia la costa; Montes de Oca, acompañado tan solo de Piquero, de los señores alaveses marqués de Alameda, Ciorroga y Egaña, y de ocho miñones, siguió adelante. En Mondragón despidieron a los miñones, pues para nada necesitaban ya la fuerza militar, y cuanto menor fuese el número de fugitivos más fácilmente podían deslizarse por montes y cañadas hasta ganar el boquete de Urdax. Pero los miñones no quisieron separarse de los desdichados restos del Gobierno cristino, cuya suerte debían correr todos los que en tan necia desventura se habían metido. En Vergara se alojó la caravana en las casas exteriores de la villa, no lejos del histórico lugar donde se habían abrazado Espartero y Maroto; cada cual se arregló como pudo en humildes aposentos o mechinales, y a media noche el sueño dio algún descanso al asendereado cabecilla de la insurrección y a los que aún le seguían, más comprometidos ya por la amistad que por la política.

Media noche sería cuando turbaba el silencio de aquella parada lúgubre el cuchicheo de los ocho miñones, alojados en una cuadra, donde moraban también una mula y una pareja de vacas. Los pobres chicos, desvelados por la inquietud, se condolían de su perra suerte. ¿Quién demonios les había metido en aquel fregado, ni qué iban ellos ganando con que la Cristina le birlara la Regencia a Espartero? En verdad que habían sido unos grandes idiotas, apartándose de la ley que ligaba sus vidas y su honor militar al Gobierno establecido. ¿Quién les metía en el ajo de quitar y poner Regentes? ¿Quién les hizo instrumento de la ambición de unos cuantos caballeros de Madrid, y de media docena de militares que querían empleos y cintajos?... ¡Y que no era flojo el riesgo que corrían los pobrecitos miñones! Desde Vergara a la frontera ¿quién les aseguraba que no toparían con un destacamento de tropas leales? En un abrir y cerrar de ojos serían despachados para el otro mundo, y aun podría suceder que los señores que les habían arrastrado al delito alcanzasen misericordia; para los hijos del pueblo, no habría más que rigor y cuatro tiros... Aun suponiendo que pudiesen escapar, ¿qué vida les esperaba en Francia? ¿Por ventura se encargaría de mantenerles la reina esa por quien se habían jugado la vida? ¡Ay, ay!, el pobre siempre pagaba el pato en estas tremolinas; para el pobre, en la derrota o en el triunfo, no había más que desprecios y mal pago... ¡Qué mundo este! Valía más ser animal que español.

Estas ideas rumiaban, esto se decían, y en verdad que no habría sido vituperable su razonamiento si de él no saliese, como de la fermentación el gusano maligno, un ruin propósito. A dos de ellos se les ocurrió en el curso de la conversación; pero no se atrevieron a manifestarlo. Un tercero, que era sin duda el más arriscado, se lanzó a exponer la terrible idea, y la primera impresión que en los demás produjo fue de miedo; un miedo más vivo que el de la propia muerte. Eran hijos de familias honradas, y desde niños habían visto en sus hogares la norma de todas las virtudes, el temor de la infamia y el aborrecimiento de la traición. Callaron un rato, y la perversa idea hizo nido en el cerebro de cada uno de ellos, empollando diversas ideas que corroboraban la idea madre. El mismo iniciador de esta la explanó hábilmente, revistiéndola de aparato lógico; achicó los inconvenientes morales, agrandó las ventajas. En primer lugar, salvaban sus vidas, y esto de mirar por las vidas era cosa buena, pues para que el hombre se defendiese de la muerte, le había dado Dios la inteligencia. En segundo lugar, se ponían en buena disposición con los que mandaban: Dios había dicho que debe darse al César lo que es del César. A más de esto, ¿quién dudaba que Espartero era el más valiente entre los españoles? Zurbano no le iba en zaga en el valor; solo que se pasaba de bruto, hablaba mal, y tenía la mano muy dura. Pero pues era el hombre que más podía en aquellas tierras, hijo también del pueblo, debían favorecer sus ideas y ponerse a su lado para todo. Por último, triunfantes o vencidos, su sino era quedarse tan miñones como antes, con la triste paga, el rancho mísero y la condición de soldados rasos. Buenos tontos serían si no sacaban algún provecho de la trapisonda en que se habían metido. Cierto que alguien saldría diciendo si eran tales o cuales... pero ellos no habían dado el grito; ellos no habían levantado la bandera de Cristina, ni entendían de estas cosas. Zurbano había ofrecido diez mil duros por la cabeza de Montes de Oca: deber de ellos, que la tenían en la mano, era entregar aquella cabeza, la verdaderamente culpable, la que había dado el grito. Y no dijeran que era una lástima entregar al pobre don Manuel, indefenso, para que en él se cebara el furor de los vencedores. Por fas o por nefas, la vida de don Manuel era cosa perdida. En su persecución iban ya varias columnas, y pronto le cazarían como a una liebre. Podría suceder que entregándole ellos, se compadeciera Zurbano del infeliz señor, y que el gran Espartero le perdonase, con lo cual quedaban todos contentos, Montes de Oca con vida, y ellos, los pobrecitos miñones, con sus diez mil duros en el bolsillo, a mil doscientos cincuenta duros por barba.

El que pronunció el discursillo que extractado se copia, había empezado a estudiar para cura en Vitoria, sirviendo luego de amanuense a un escribano de la Puebla de Arganzón, y en sus diferentes tareas escolares se le había pegado el arte del sofista. Cedieron prontamente algunos de los compañeros; para reducir a los otros fue necesario que el orador emplease lo mejorcito de su arsenal dialéctico, y al fin convinieron todos en consumar sin demora la execrable acción. La oscura noche les estimulaba... El silencio les envalentonó para un hecho que exigía sin duda más arrojo que el desplegado en los combates. El coloquio vascuence en que desarrollaron su plan y los procedimientos más seguros para ponerlo en ejecución duró apenas un cuarto de hora; y bajaban tanto la voz que apenas se oían, temerosos de que la mula y las vacas, únicos testigos de la terrible conferencia, la entendiesen y renegasen de tal villanía, como honrados animales.

XXV

El modo y forma de hacer efectivo su pensamiento fue para los miñones sencillísimo. Lo propuso uno que en su niñez desplegaba felices disposiciones para robar fruta en las huertas y alguna que otra gallina en los corrales. Salieron los ocho a un cercado frontero a las dos casas en que se alojaban los paladines de la reina, y con fuertes voces empezaron a gritar: «¡Zurbano, Zurbano!...» El efecto de este toque de diana fue inmediato y decisivo. Los caballeros durmientes saltaron despavoridos de sus lechos, y a medio vestir lanzáronse fuera por los primeros huecos que abiertos encontraron: Egaña saltó por una ventana, y a Piquero se le vio surgir por un boquete angosto que daba al campo en la parte posterior del edificio. Poner el pie en tierra y apretar a correr en busca de la espesura del monte más cercano fue todo uno. Los otros dos, tomando la salida por la puerta con más tranquilidad, no tardaron en desaparecer. Como en los incendios y naufragios, cada cual se afanaba por salvar su propia pelleja sin cuidarse de la del vecino. Dos miñones pusiéronse de guardia en la escalerilla estrecha que a la estancia ocupada por el jefe conducía, con objeto de apresarle cuando saliese, y viendo que tardaba, presumieron que se había escondido en los desvanes. Los inquilinos de la casa, un hombre y dos mujeres, que a poco de sonar las primeras voces de alarma abandonaron también sus madrigueras y vieron la veloz huida de los cuatro señores, aseguraban que el quinto de ellos no había salido. Viéronse precisados los traidores a subir en su busca, creyendo que, o se había muerto del susto, o que por el escrúpulo de conciencia quería expiar sus culpas bajo el poder del temido Zurbano.

A las primeras luces del alba subieron dos miñones, el de los discursos y otro que blasonaba de arrojado, al aposento mísero donde reposaba en un pobre camastro el jefe de la insurrección, y le hallaron profundamente dormido. Su tranquilo sueño era la expresión de su ciega confianza en los ocho corazones alaveses a quienes había entregado su vida. Por un instante creyéronle muerto: tales eran el reposo y palidez de sus nobles facciones. Uno de ellos le llamó: «don Manuel, señor don Manuel...» No despertaba. Imposible parecía que con la batahola y vocerío que armaron los guardianes durmiese con sueño de ángel aquel hombre que reunía en su espíritu la fiebre poética y el bélico ardor. Fue preciso sacudirle de un brazo para que despertase. Abrió al fin los ojos, y miró largo rato a los dos chicarrones, sin darse cuenta de lo que ocurría. «¿Es hora de salir? —dijo—. Vamos al momento. ¿Se ha levantado Piquero?»

El más desenvuelto de los dos traidores quiso expresar el verdadero sentido de la situación, y no halló la frase propia. «Es usted preso —dijo el otro, cortando por lo sano—; los demás señores han huido; usted no puede, Don Manuel, y ahora se viene con nosotros a Vitoria.»

Empezaba el infeliz hombre a comprender la situación; pero aún no la veía en toda su trágica realidad, ni le entraba fácilmente en la cabeza la idea de que los honrados hijos de Álava le apresaban para venderle por los diez mil duros que ofrecía Rodil. Se incorporó vivamente; miró en torno suyo. No tenía armas; nunca creyó que podía necesitarlas. «¡Y vosotros —dijo— me prendéis y me lleváis a Vitoria...! Pero no lo haréis movidos del premio que dan por mí. No valgo yo tanto, amigos.»

—Señor don Manuel —dijo el valiente, ya repuesto de su turbación—, no nos enredemos en palabras que no vienen al caso. Vístase pronto, que tenemos prisa.

—Está bien —replicó Montes de Oca, pasando brevemente de la ira a la resignación, por la virtud de su grande alma—. Me vestiré al instante. Habría sido mejor que no viniéramos acá. Mi deseo, ya lo sabéis, era no salir de Vitoria y esperar allí a los vencedores. Entregándome yo, los diez mil duros habrían sido para mí, aunque... ¡sabe Dios la cuenta que me harían!... Bueno, hijos: pues tenéis prisa, ahora mismo nos vamos. Dejad que me lave un poco: es costumbre mía, que vosotros sin duda no tenéis. Amanece ya; saldremos con la fresca, y marcharemos tan rápidamente como queráis.

Partieron a escape: a los miñones se les hacían siglos las horas que faltaban para cobrar el importe de la res que vendían. Para recorrer la tiradita desde Vergara a Vitoria en el menor tiempo posible, echaron por los atajos y desfiladeros más apartados de toda población, temerosos sin duda de que algún destacamento de tropas les quitase la gloria de su hazaña y el precio de su botín. Dieron a don Manuel un caballejo, y tanta era la prisa, que no cuidaron de llevar víveres, ni fácilmente podrían adquirirlos en las soledades

143

por donde caminaban. Tiraron hacia Legazpi, y de allí a los altos de Aránzazu, royendo mendrugos de pan el que los tenía. En uno de los breves descansos que hicieron, más por dar alivio a la caballería que al desdichado jinete, manifestaron a éste que, hallándose preso y a disposición de las autoridades, maldita falta le hacía el dinero que aún conservaba en sus bolsillos para los gastos de la insurrección primero, de la fuga después. Dio Montes de Oca una prueba de buen gusto y de austera dignidad evitando toda discusión sobre el infame despojo, y entregoles, sin el honor de una protesta ni de un comentario, la culebrina en que llevaba unas cuantas onzas, que no llegaban a diez, y alguna plata menuda. Y hecho esto, arrearon de nuevo.

Hablaban los miñones entre sí el idioma vascuence, del cual el infeliz preso no entendía palabra, resultándole de esto un tormento mayor: el sentirse más aislado, más lejos de su patria. Entre esta y el poeta se interponían un suelo desconocido, una gavilla de bandoleros y una jerga que nada decía a su entendimiento ni a su corazón. En el fatigoso paso por veredas y trochas, mortificado del hambre y la sed, sin otro sentimiento inmediato que el desprecio que le inspiraban sus guardianes, sufrió el desdichado caballero indecibles angustias. No había para él más consuelo que aislarse, con esfuerzo de su viva imaginación, procurando no ver fuera de sí más que la Naturaleza, y dentro las hermosuras de su grande espíritu, así en el orden moral como en el estético. Las bellezas del paisaje y del cielo, las ideas propias, que iba sacando del magín con cariño de avaro, para en ellas recrearse y volver a esconderlas cuidadosamente, permitiéronle, si no el completo olvido de su desgracia, alguna distracción o alivio pasajero. Mas las exigencias físicas del hambre y la sed le volvían a la realidad de su martirio; otra vez era el hombre vendido, la bestia llevada al matadero por cuatro carniceros infames, y la ininteligible cancamurria vasca otra vez le cortaba el cerebro como una sierra.

La molestísima andadura del jaco, apaleado sin cesar por los miñones, magullaba los huesos del pobre jinete. Habría preferido caer al suelo y que en él le fusilaran sin compasión; pero su vida valía diez mil duros, y no podía esperar de los mercaderes una muerte gratuita. Estas ideas lleváronle a mayor resignación y a conformidad más profundamente cristiana con su fiero destino. El sentimiento caballeresco y la ilusión del sacrificio pudieron tanto en su alma, que no le fue difícil llegar a la tranquilidad ascética que permite soportar un intenso padecer, y aun alegrarse de los martirios. Instantes hubo en que se creyó dichoso de ser tan infeliz, y el goce amargo de los sufrimientos refrescaba su alma, y la erguía, y la vigorizaba para mayores resistencias. Hermoso era el dolor, bellas las angustias que preceden a la muerte. Contra nadie tenía queja. Y no creía ciertamente que la persona por quien en tal suplicio se veía un hombre de bien, fuera indigna de semejante holocausto, no. Todos los males presentes y otros peores que vinieran los sufría gustoso por la reina, por una divinidad que no habría sido bastante divina si no creara mártires, si ante su triunfal carro no cayeran aplastadas cien y cien víctimas. Bien sabía la reina lo que sus fieles padecían por ella, y bien empleado estaba que los caballeros penaran y murieran, para que sobre tantos dolores y sacrificios se alzara la gloriosa redención monárquica.

¡Y los malditos alaveses arreando sin descanso, como diablos solicitados de la querencia del infierno! «Basta, hombres, basta, que ya llegaremos —les dijo Montes de Oca, compadecido del caballejo más que de sí mismo—. Por mí no importa; pero vosotros tampoco vais a ninguna fiesta. Tened lástima del pobre animal, que no puede ya con su alma.» Vino la noche, y con ella redoblaron los palos sobre la cabalgadura... No corrían: volaban. En un día anduvieron diecisiete leguas, imposible jornada cuando se va en seguimiento del bien, o a realizar una noble acción. Solo el mal hace a los hombres tan ligeros. A las nueve de la noche llegaban a las proximidades de Vitoria, donde pararon, mandando aviso por dos de ellos al general Aleson, con las nuevas de la valiosa presa que traían. Tropas llegaron al instante y se hicieron cargo del reo, llevándole con no poco aparato de fuerza a la Casa Consistorial, que entonces estaba en San Francisco, donde también había cuartel. A la luz de tristes faroles entró el jefe de la insurrección en el aposento que le destinaron, y lo primero que con él se hizo fue registrarle para ver si tenía documentos de algún valor. En efecto: descuidado como buen poeta, conservaba en sus bolsillos dos papeles que había escrito antes de la salida de Vitoria, y que se olvidó destruir. El uno era una carta dirigida a O'Donnell en que amargamente se quejaba del abandono en que se le tenía. «Ni un fusil, ni un real, ni una comunicación he podido conseguir a pesar de mis esfuerzos... Si hubiera tenido armas, a esta hora contaría la Causa de la reina con un ejército de 20.000 hombres... Si se pierde esta coyuntura, la Causa de nuestra reina se hundió para siempre...» El otro era un oficio en que se leía: «Gobierno Provisional... Excelentísimo señor: Este infame pueblo nos ha vendido, y su Ayuntamiento ha oficiado a Zurbano diciéndole no harán resistencia y me entregarán... Se hace, pues, indispensable abandonarlo, y lo verificamos esta noche...» Aquí se ve cuán galanas cuentas hacen los revolucionarios, cuya imaginación fácilmente traduce en realidad los deseos locos. ¡Fusiles, dineros! ¿Pero de dónde los había de sacar O'Donnell? Para él los hubiera querido. Él que no sabe allegar estos ingredientes antes de izar la bandera, que no se meta en tales andanzas.

Después de bien registrado, entraron a verle el general Aleson y el jefe político, que, según se cuenta, no estuvo cortés ni generoso con la víctima. Tras estos llegó el coronel don Santiago Ibero, encargado de cumplir el sanguinario bando de Rodil, lo que en realidad no exigía larga tramitación. Bastaba con identificar la persona para proceder al corte de cabeza, con lo cual quedaba fuera de combate la hidra revolucionaria. Luego declaró el reo con voz entera su nombre, el pueblo de su nacimiento (Medinasidonia), su estado (soltero), su edad (treinta y siete años menos dos meses). Otras cosas dijo que no fueron más que una nueva página de poesía política.

Al quedarse solo con Ibero, Montes de Oca le dijo afectuoso: «No es la primera vez que nos vemos.»

—En el castillo de Olite...

—Y alguna vez antes.

—Alguna vez, sí señor —replicó Ibero saciando sus miradas en el rostro del infeliz reo—. No una sola vez, si es fiel mi memoria... Perdone usted que le mire y le remire... Deseaba mucho verle; pero no, válgame Dios, en esta tristísima situación.

XXVI

—Si a usted no le parece mal —dijo Montes de Oca, sin aliento casi, estirando sus miembros doloridos—, descansaré. No tiene usted idea de cómo me han traído esos perros, de Vergara a Vitoria. Creí que me quedaba en el camino, y no habría sido malo para mí.

146

—He mandado que le pongan a usted una buena cama, y podrá descansar. También se le traerá la cena. Yo siento mucho que usted no hubiera sido más cauto en su fuga. Debió usted salir de aquí en la noche del 17, en la diligencia que le prepararon sus amigos.

—Qué quiere usted... No tengo, no he tenido nunca el instinto de la fuga. Me siento amarrado al puesto en que me coloca mi deber. No quería Piquero que yo partiese sin él, ni quería yo dejarle aquí. Juntos nos lanzamos a esta calaverada, juntos debíamos salvarnos o perecer. No me pasó nunca por la cabeza que los miñones fueran mi Judas.

—Egaña y Ciorroga ¿por qué no impidieron este oprobio que los miñones han arrojado sobre la raza alavesa? Si aquí mandara yo, crea usted que después de darles el dinero les mandaría hacer testamento y les fusilaría sin escrúpulo de conciencia.

—¡Ah!, esto no puede ser —replicó el reo, que de improviso apartó su mente de aquel asunto, más atento a la cama que entraron los asistentes y a designar el sitio donde debían ponerla.

Dio sus órdenes con serenidad, cual si se hallara en las ocasiones ordinarias de la vida, y volviendo la espalda al coronel, ayudó a colocar los cojos bancos sobre que se ponían las desunidas tablas para sostener los colchones.

«Agradeceré mucho —dijo cuando los asistentes traían sábanas y abrigo— que me den lo necesario para asearme un poco: agua, cepillo, peines. Nada me molesta como la suciedad, y este viaje ha sido funesto bajo el punto de vista de la pulcritud... Mire usted qué manos... Mi pelo es un bardal...»

Dio órdenes Ibero de que se le trajesen los avíos de tocador de que se pudiese disponer, y agua abundante.

«Es triste cosa —dijo Montes de Oca quitándose el gabán y la levita, y preparándose a un breve lavatorio— que siendo yo fanático por la limpieza me vea en tal suciedad. No se asuste usted ni me riña si le digo que mi intento ha sido lavar al país... Y ahora resulta que no se deja... Como los niños mal criados que no tienen más gusto que revolcarse en el fango de los caminos... Y yo, tan aficionado al aseo general, ahora me veo en la porquería particular más repugnante, sin otro consuelo que unos cuantos buches de agua para darme un refregón en cara y manos... Pero, en fin, pronto no me hará falta el agua para estar bien limpio.»

Terminada la frase con un gran suspiro, empezó sus abluciones, que la corta medida del agua había de limitar más de lo que él quisiera. Salió don Santiago a prevenir la cena, ordenando que fuera lo mejor posible, y al volver junto al preso, le encontró refregándose el rostro con la toalla.

«Pues sí —dijo Montes de Oca expresando lo que había pensado durante el lavatorio—, la noche de marras, ¿se acuerda usted?, cuando nos conocimos en una casa... El nombre de la calle se me ha ido de la memoria... Pues yo le emplacé a usted...»

—Y yo anuncié a usted y a Gallo que esto era una locura y...

—Justamente. Cada cual dijo lo que sentía. Este desastre, que tengo por accidental, no modifica mis ideas sobre lo fundamental. Hoy hemos sido vencidos; somos la primera fila de combatientes, que tropieza y cae. Pero detrás vienen otros y otros... No lo dude usted: triunfarán la verdad y la justicia. No puede ser de otra manera. Confirmo, pues, mi pronóstico.

—Y yo el mío... Pero no es ocasión de empeñarnos en discusiones ni en alabarnos de profetas. Los grandes cambios de la vida general vienen cuando ellos quieren, y no está en nuestra mano traerlos fuera de tiempo. ¿No piensa usted lo mismo?

—No, señor —dijo Montes de Oca, peinando con fruición su espléndida cabellera—, y dispénseme que le contradiga. Es deber del hombre impulsar los acontecimientos buenos, los que realizan la justicia y el bien, porque si nos abandonamos, si la apatía nos vence... El mal se hará dueño del mundo.

—Cierto; pero no confundamos los acontecimientos buenos, como usted dice, con los que parecen tales por la forma engañosa que les da nuestro deseo... O si se quiere, nuestro fanatismo.

—¡Fanatismo! Sí, a eso vamos a parar. El mío tiene por objeto de su culto las cosas eternas. Vea usted por qué no estoy tan afligido y agobiado como corresponde a mi situación, según el criterio vulgar.

—Muy bien, señor mío. Pero yo sé que no pensaban mucho en las cosas eternas otros que se lanzaron a esta insensatez —afirmó Ibero, que antes de concluir la frase, cayó en la cuenta de su inoportunidad.

148

—Quítense ustedes el éxito, y hablaremos de lo que es insensato y de lo que no lo es —dijo Montes de Oca, ya peinado, sentándose frente al coronel, rodillas con rodillas—. Por de pronto, este pobre vencido y condenado sostiene ahora que vale más, mucho más, hacer locuras por la justicia y la verdad que hacer cosas muy sensatas y muy correctas por la usurpación y por la mentira. Yo he cumplido con mi deber; mi conciencia no hace ahora distinciones entre la demencia y la cordura: no ve más que lo justo y lo injusto. Con lo justo estuve y estoy, con todo lo que vemos de la parte de Dios. Soy religioso: la muerte no causa terror a los hombres de acendrada fe. ¿Qué tiene usted que decir?

—Nada, nada más sino que admiro su entereza, y que me causa vivo dolor ver que hombres de tal temple... En fin, señor mío, hablemos de otra cosa, porque al paso que vamos resultará que tendrá usted que consolarme a mí y darme ánimos, cuando lo que procede... Ea, ya está aquí la cena. ¿Tiene usted apetito?

—Regular —dijo el reo preparándose a caer sobre el primer plato—. Antes de lavarme sentía gran debilidad... Realmente necesito alimentarme para que no se apoderen de mí las ideas tristes... No le invito a usted a que me acompañe, porque habrá cenado a hora más conveniente. Los condenados a muerte tenemos unas horas absurdas para nuestras comidas.

Empezó con mediano apetito, y según avanzaba iba recibiendo más gusto de la cena. Mientras esta duró, oyéronse mugidos del viento: las persianas del único balcón de la pieza se movían con lastimero chirrido, y en los buhardillones sonaban porrazos, como de algún batiente abierto que era juguete de las impetuosas ráfagas del aire.

—Viento del Oeste —dijo don Manuel con absoluta serenidad, sin dejar de comer—. Esta tarde, cuando bajábamos por las Peñas de Zaraya, soplaba el Sur sofocante. El cariz del cielo me dijo que antes de media noche rolaría el viento al tercer cuadrante.

—Y tras este ventarrón tendremos agua.

—Si se agarra al Sudoeste, tal vez; pero por intermitencia de las rachas, paréceme que rola al Noroeste... Vendrá el agua... pero más tarde... No seré yo el que se moje.

—¡Quién sabe...!

—Que no, digo. Le apuesto a usted todo lo que quiera a que no me mojo...

Le vio Ibero soltar el tenedor y quedarse inmóvil, fija la vaga mirada en el mantel. Quiso decirle algo, y aun pronunció algunas palabras de vulgar consuelo; pero pronto enmudeció. Le constaba que no había esperanza: era por tanto crueldad llevar al ánimo del reo una vana ilusión, que al desvanecerse haría más acerbo su suplicio. No se le ocurrió más que la simplicidad de invitarle a dormir, buscando en el sueño la reparación de fuerzas. ¿Y para qué las necesitaba?... Más inquieto por su descanso que por su vida, el reo formuló una pregunta:

—Dígame: ¿querrán que esta noche amplíe mi declaración?

—Mañana quizás. No piense usted ahora más que en descansar.

—¿De modo que por esta noche no vienen a molestarme? Magnífico... Pues si usted me lo permite, me acostaré ahora mismo.

—Y dormirá. El cansancio es un excelente narcótico.

—Yo tengo un sueño fácil. Dormía profundamente cuando los miñones tramaban venderme.

—¿Y este furioso viento que hace ruidos tan extraños no le impedirá dormir?

—¡Quia! ¡No me despertó la traición, y cree usted que me despierta el aire! Ya conozco yo al viento: somos amigos. No es malo el viento, no; por lo menos, traidor no es. Mejor estaría yo ahora en medio de la mar que aquí. A un temporal duro del Oeste se le capea; a una mar gruesa se la domina poniéndole la proa; ¿pero contra estas infamias de los hombres qué podemos?

—¿Y por qué dejó usted la vida del mar por las ignominias de la política?

—¡Ah!, no puedo contestarle tan fácilmente... Mucho hablaríamos usted y yo si tuviéramos tiempo; pero ya verá usted cómo no lo tenemos... Llevarán las cosas muy aprisa, y más vale así.

—Sí: más vale... Pero no se detenga usted si quiere acostarse, ni le importe que yo esté presente.

—Gracias. Pues es usted tan amable que me permite el descanso, me acostaré.

Y diciéndolo, iba dejando sobre dos sillas próximas las prendas que se quitaba. Ibero, que desde la llegada y entrega del prisionero se sentía devorado por intensísima curiosidad, anhelando aclarar un punto oscuro de sus breves conexiones con el interesante cuanto infeliz caballero, creyó que la ocasión era propicia para permitirse apelar a su confianza. «Señor de Montes de Oca —le dijo cuando el reo acababa de meterse en la cama—, quisiera que me sacase usted de una duda... Hemos recordado esta noche la entrevista que tuvimos Gallo, usted y yo...»

—La tengo tan presente como si hubiera sido ayer.

—Y yo... Pero no es eso. Yo estoy en que nos vimos despúes en otra parte.

—¿Después... Cuándo, dónde? —preguntó el condenado mirándole un rato con gran fijeza.

—Si no sabe usted cuándo y dónde, es que no recuerda, o que en efecto no me vio... O que no le conviene decirlo...

—Desde la entrevista con Gallo, no volví a ver a usted hasta que nos encontramos en el castillo de Olite.

—Perdone usted —dijo Santiago notando disgusto en la fisonomía del preso—; cometo quizás una inconveniencia interrogándole... Quitar a su descanso algunos minutos es verdadero crimen. Me retiraré para que usted duerma.

—Gracias. Pues mire usted, aunque parezca mentira, tengo sueño.

—¿Y dormirá?

—Creo que sí. Cuando navegaba, dormía sosegadamente en las noches de temporal duro, siempre que no estaba de guardia, se entiende. Ahora, no sé... En fin, pásese usted por aquí dentro de un rato y lo verá.

XXVII

Retirose Ibero en un estado de agitación vivísima, pues la persona y circunstancias del reo, su figura, su palabra, su no afectada filosofía le trastornaban profundamente. Diera él por salvarle la vida parte de la suya; mas no estaban las cosas para esperar clemencia, ni había posibilidad de que por caminos indirectos e ilegales se desviase de la muerte la desgraciada vida de don Manuel Montes de Oca. Fue a visitar al general Aleson para darle cuenta de las medidas tomadas para la seguridad del prisionero, de la resignación y estoicismo de este, y acordaron el plan de servicio para el siguiente día, que habría de ser en Vitoria día de luto. Tímidamente apuntó

Ibero la idea de perdón; mas ni aun le dejó tiempo el general de expresarla por entero, y le mostró la orden de Rodil, disponiendo la inmediata ejecución del preso... iy hasta fijaba la hora, como suele fijarse la de una fiesta! Llena el alma de amargura volvió Santiago al Ayuntamiento y a las habitaciones habilitadas para prisión y capilla. En esta los soldados de guardia dormitaban en un banco, y dos ordenanzas, asistidos por empleados del Ayuntamiento, preparaban la mesa en que se había de poner el altar: los candeleros y el Cristo estaban aún en el suelo, junto con una Dolorosa, arrimadita a la pared. Encargó el coronel a su gente que despachase pronto la faena, evitando cuidadosamente todo ruido, para no despertar al pobre reo. Como objetaran los tales que no podían colocar el cuadro de la Virgen sin clavar alguna escarpia, les ordenó el jefe que toda operación ruidosa se aplazase hasta la mañana.

Entró luego de puntillas en el dormitorio, alumbrado por un velón delante del cual se había puesto un grueso libro de canto, haciendo de pantalla, y vio al reo profundamente dormido. El suave ritmo de su respiración indicaba un sueño dulce, y este era la forma visible de una conciencia tranquila, de un cerebro despejado de cavilaciones. Pareciole mentira al coronel lo que veía, y admiró al mártir dormido más que le había admirado despierto. Cautelosamente abandonó la alcoba, despidió a los que armaban el altar, pues tiempo había de ponerlo todo muy bonito a la mañana siguiente, y se quedó solo con la guardia. Poco después entró el oficial que la mandaba; acordaron entre los dos que los soldados estarían mejor en la estancia próxima, guardando la puerta por el exterior; y pues la alcoba del preso ofrecía completa seguridad, por no tener otra puerta que la de comunicación con la capilla, no era preciso poner gente en esta. El patio a que daba el balcón de la alcoba estaba perfectamente custodiado, y ni en sueños se podía temer una evasión. Además, el preso era un santo, un verdadero santo, que con su propia mansedumbre, con su resignación cristiana y filosófica se guardaba. Poco después de este breve diálogo, Ibero estaba solo en la capilla, alumbrada por dos cirios del altar, que encendió por sí mismo, pues no gustaba de la oscuridad. Se paseó de un ángulo a otro; pero asustado del ruido de sus pasos se sentó en un sillón de cuero, traído expresamente para que lo ocupase el cura en el momento de la confesión.

«Yo, que no estoy en capilla —se dijo—, no podría dormir ni un minuto en esta noche de ansiedad y amargura; y ese hombre... Pero no he visto otro como él, ni creo que exista en el mundo. Señor, ¿de qué materia y de qué espíritu le has hecho?... ¿Esa serenidad es convencimiento de que ha luchado y muere por una causa justa? Convencimiento es, aunque erróneo, que es como decir obcecación. Hombres así quiero para toda causa que yo defienda. Buen ejemplo nos da, bueno. No lo olvidaré, por si algún día me toca la china...» Divagó un instante el pensamiento del coronel, siempre alrededor del mismo sujeto y asunto, y vino a parar en la idea dominante: «Voy creyendo que no es el caballero de Rafaela... Avivo mi memoria, y la semejanza de este con el que vi en aquel instante breve no es, en efecto, de esas semejanzas que alejan toda duda. Aquel era más alto, y como guapo, qué sé yo... Este tiene quizás más expresión, más dulzura en el rostro... ¿En qué me fundaba yo para creer que aquel y este fuesen uno mismo? Era presunción mía... un no sé qué... El dato de ser hombre superior, de alta posición, según Rafaela me dijo; el dato de que allí estaban tramando esta revolución... No es delicado, no; no es humano que le haga yo preguntas sobre los sitios en que conspiraba.» Al pensar esto, sintiéndose ya con amagos de somnolencia, oyó violentísimas sacudidas del viento y los bramidos lastimeros que daba al pasar rascándose contra las paredes del vetusto edificio. En la techumbre sonaba también un traqueteo metálico, como si un tubo de chimenea, tronchado por el huracán y sujeto aún a su base por una tira de latón, quisiera desprenderse y volar. Entre estos desapacibles ruidos, creyó sentir también algo como un suspirar vago, como articulación de tenues sílabas... Sin duda Montes de Oca hablaba dormido, agobiado quizás por una pesadilla. Asomose pausadamente Ibero a la puerta de la alcoba, y distinguió en la penumbra el rostro del durmiente en la propia disposición en que antes lo viera, brazos y manos en la misma postura.

Instalado de nuevo el coronel en su sillón de cuero, que, dicho sea de paso, no carecía de comodidad, estiró las piernas sobre una silla próxima, diciéndose: «Parece que el sueño de ese hombre bendito, de ese caballero sin mancilla, me contagia... No creí que podría yo pegar mis ojos esta noche... Pero no, no es esto sueño: es modorra, el gotear lento de mi tristeza... Ahora cesa el viento... gracias a Dios. Se le oye distante, no como si él se alejara, sino como si le enterraran a uno... A ese hombre hermoso, honrado y bueno, víctima de un fanatismo como otro cualquiera; vencido en la plenitud de la fuerza y de la vida, le enterraremos mañana, no porque él se muera, que bien sano está, sino porque le matamos. Y mis soldados, por orden mía, serán los que le hagan fuego... Esto es horrible... Mentira parece que se duerma uno pensando estas cosas... Pero no es dormir: es sentir en hondo y pensar en negro... No me duermo, no.»

Y diciendo que no se dormía, quedose en ese estado intermedio y confuso que es un soñar en vela, o un insomnio con descanso. Razonaba su propio soñar de esta manera: «La prueba de que no duermo es que oigo los mugidos del viento, y veo todo lo que hay en la capilla: las velas de cera, la Dolorosa, que todavía está en el suelo... Yo dispuse que se dejara para después la operación de colgarla en su sitio, y convine con Rafaela en que ella clavaría la escarpia... Debe de ser la hora convenida, porque aquí entra Rafaela Milagro con el martillo... Se acerca a la alcoba, observa, ve que duerme don Manuel, y no quiere despertarle... Aún es pronto, mujer —dijo Santiago a su amiga, que en forma corpórea, dormido o despierto, pues esto no estaba bien claro, ante sí veía—. Luego colgaremos tú y yo la santa imagen, que, entre paréntesis, se parece mucho a ti.»

Desapareció Rafaela sin que Ibero pudiese advertir por dónde, y durante un lapso de tiempo de inapreciable dura, perdió el coronel toda sensación de la realidad. Sonaron de nuevo las voces del viento en forma y tonalidad muy singulares. Por las rendijas de las cerradas maderas se colaban los filos del aire, y tanto se oprimían, que el sonido se aguzaba y era más lastimero y terrorífico. A ratos entraban palabras delgadas y larguísimas, que decían cosas... Conceptos de estructura semejante a la de una espada. Rafaela volvió a presentarse, con el cabello suelto y una calavera en la mano, y llegándose a Ibero le dio un golpe en el pecho, diciéndole: «Eres un cobarde, un vil, si permites que le maten...»

—¿Pero qué puedo hacer yo, mujer?...

—Es facilísimo. Yo le despertaré. Mientras se viste, tú mandas que se retire toda la tropa que hay en el patio. Él y yo nos descolgaremos por el balcón. Tengo dos llaves para poder salir al otro patio y a la calle.

—¿Y yo... pero yo...?

—¡Tú!... Harás lo que me has dicho: o pegarte un tiro, o dar la cara como encubridor de la fuga, sacrificando tu honor militar. Escoge lo que te parezca mejor.

—Necesito un día para pensarlo. Déjame ahora.

El chillar horrísono de las palabras que se introducían por las junturas taladraba los oídos del buen coronel. Llevose ambas manos a las orejas para cortar el paso de las voces fieras, insultantes, provocativas que querían penetrar en su cerebro... Vio a Rafaela pasar velozmente de una parte a otra de la estancia y meterse en el dormitorio del reo. Hizo un movimiento para detenerla...

XXVIII

Vio don Santiago al oficial de guardia, que ante él se inclinaba, repitiendo una pregunta que acababa de formular sin obtener contestación. Tuvo el coronel la palabra en la boca para decirle: «Esa mujer que ha entrado aquí, ¿dónde está?» Pero no tardó en comprender la incongruencia de este concepto, y solo dijo: «¿Qué hay?»

—Mi coronel, ya es de día. Creo que el preso ha despertado. Los señores capellanes están a sus órdenes. ¿Les mando que entren? ¿Se acabará el arreglo de la capilla?

—Es muy temprano aún. Retírese usted, y los capellanes que aguarden hasta que se les avise... Yo no dormía. Es que me duele horriblemente la cabeza. Este maldito viento...

Nuevamente solo, sintió toser a Montes de Oca, y allá se fue casi de un salto. El reo había despertado, conservando la misma postura del sueño, y recibió a su amigo con una sonrisa cariñosa y un cortés saludo. «¿Se ha descansado?» fue lo único que dijo Ibero, que recayendo en su incertidumbre, registró con inquieto mirar toda la estancia.

—Es de día —dijo Montes de Oca—. ¡Qué pronto viene!

—Aún puede usted descansar un poco; yo se lo permito.

—Lo agradezco. Aunque no dormiré más, me quedaré un ratito en la cama... Créame usted: están mis pobres huesos como si me los hubieran roto. No puedo moverme. Deme usted un cigarro.

El coronel le alargó su petaca; cogió de la misma un cigarro para sí, y encendiéndolo en la lámpara, dio lumbre al reo. Cuidose luego de apagar la luz y de abrir las maderas para que entrase la claridad del día. Iluminado por ella, el rostro del reo salía de la noche y del sueño con marcada expresión de santidad, y cuando se incorporó con la dificultad premiosa de sus huesos doloridos, Ibero le halló más demacrado que la noche anterior, y notó en su semblante mayor dulzura y serenidad. Pero debía de ser ilusión, efecto quizás de la débil luz matutina, porque no podía una sola noche determinar cambio tan brusco, habiendo cenado y dormido el hombre como en días normales. «Esta es la mía —se dijo Ibero sentándose junto al lecho, y viendo cómo se confundía el humo de los dos cigarros—. No encontraré mejor ocasión para salir de dudas. Haré mi pregunta con la mayor delicadeza: ¿Conoce a una tal Rafaela Milagro, viuda...? ¿Salió con ella de una casa, etc.?...» No había encontrado aún la fórmula más discreta para empezar, cuando Montes de Oca se le anticipó planteando la conversación a su gusto.

«Las ocasiones críticas de nuestra existencia —dijo— son las más propicias para avivar en nosotros el recuerdo de cosas pasadas, a veces muy remotas, representándonos los sucesos lejanos tan vivos como si fueran de ayer; y lo más particular es que comúnmente reproducimos, en estos casos críticos, escenas, pasajes y actos que no tienen nada que ver con nuestra situación presente. Le contaré a usted un prodigio de mi memoria, si no le molesta oírme.»

—De ningún modo... ¿Ha tenido usted sueños, reproducción fingida de lo que fue real...?

—Algo soñé; pero fue después, hallándome despierto, poco antes de que usted entrara, cuando vi repetirse en mi mente un suceso de mi vida pasada... Con tal viveza, amigo mío, que llegué a creer que no vivía en este tiempo, sino en aquel, y que no pasaba lo que ahora pasa, sino aquello... ¡Cosa más rara!... Óigalo usted. Ello fue el año 29: yo tenía entonces veinticinco años, ¡dichosa edad!, y era alférez de navío... No crea usted, había navegado mucho: en la fragata Temis, en la Sabina, en la María Isabel, en la corbeta Zafiro. Ya me conocían los mares... Pues, como digo, hallábame en Cádiz, cuando encalló en aquellas playas un barco de piratas, y reducidos a prisión todos sus tripulantes, resultó la más execrable patulea de bandidos que se pudiera imaginar. Sus declaraciones espantaban: incendios de buques, asesinatos de navegantes, robos inauditos, violaciones de mujeres, cuantas atrocidades ideó el infierno... El capitán, que era un francés de buena presencia y modos elegantes, lo refería todo con la mayor indiferencia, contando también las horribles crueldades que hubo de emplear para imponerse a la vil chusma que con él servía. Nombráronme a mí su defensor... y figúrese usted mi compromiso. Era el francés muy simpático, y en la cárcel, cargado de grillos, cautivaba a todo el mundo por su lenguaje fino y discreto, y la resignación con que esperaba su sentencia. A mí también me cautivó: aires tenía de gran señor, conocimientos de historia y literatura, palabra muy amena y un don de simpatía irresistible. Naturalmente, movido de esa misma simpatía y de la compasión, quise salvarle; pero vea usted aquí lo más peregrino del caso. Verdier, que así se llamaba, no quería por ningún caso dejarse salvar. «don Manuel —me decía—, no se empeñe usted en lo imposible. Mis delitos solo alcanzarán perdón en el Cielo: ningún tribunal del mundo puede ni debe absolverme.» Firme en su resolución, que sostenía con una tenacidad admirable, todos los esfuerzos que yo hacía para disculpar sus crímenes los destruía el francés declarando más horrores, y presentando ante el tribunal nuevos cuadros de maldad sanguinaria. Aquel hombre, créalo usted, me ponía en gran confusión. ¿Cómo negar su grandeza, no inferior a sus crímenes? «don Manuel —repetía—, es inútil cuanto usted haga para salvarme. No quiero, no quiero. Emplee su talento en defender a otros, que también están manchados de sangre, pero no tanto como yo, y además son padres de familia, tienen hijos. Yo no tengo a nadie. No tengo más que a mi conciencia, que me manda morir.»

—¡Qué hombre! Amaba el castigo.

—Se enamoró de la muerte; la muerte era su ilusión, como lo había sido antes el crimen. En fin, que me convencí de la imposibilidad de salvarle la vida, y me apliqué a conseguir para otros la conmutación de pena. Verdier subió al patíbulo, demostrando un arrepentimiento sincero, una dignidad caballeresca y una efusión cristiana que fue el pasmo de todos... Y ahora voy al fin de mi cuento. Esta madrugada, un rato en sueños, y después tan despierto como estoy ahora, vi al pirata entrar por esa puerta. No tengo duda de que hablamos y de que me dijo: «don Manuel, que se le quite de la

cabeza el redimirme. Ya me redimo yo.» Y todas las escenas, todos los incidentes de la causa, cuanto hice y vi en aquellos días, se me ha reproducido
con claridad maravillosa.

—En verdad que es inaudito... Yo también... yo también he visto personas
y sucesos pasados, no tan remotos como los que usted cuenta... He visto...

—Y fíjese en otra particularidad: ninguna relación tiene el caso del pirata
con este caso mío. ¿Por qué mi memoria eligió caprichosamente aquel
suceso de mi vida para reproducírmelo ahora con tanta claridad...? ¡Pobre
Verdier...! Materia de bandido, que fermentada en la desgracia se volvió
espíritu de caballero cristiano...

Callaron ambos, pensando cada cual en cosas íntimas, y no se determi-
naba Ibero a formular la interrogación consabida. No es delicado mortificar
a los reos de muerte con preguntas que solo interesan al interpelante, y es
caritativo dejarles la iniciativa de la conversación en la angustiosa espera de
la capilla. Cortó la pausa el oficial de guardia, dando al coronel aviso de que
el general le llamaba. Inmutose Montes de Oca con la repentina entrada del
oficial, y se preparó a salir del lecho, murmurando: «Será tarde... y yo aquí
con esta calma... Fuera pereza.»

Ibero salió, aplicando con más empeño su mente a la solución del acertijo,
y aunque ningún dato nuevo justificaba su repentina inclinación al término
afirmativo, no cesaba de decirse: «¡Es, es... vaya si es!...» Llamábale Aleson
para designar de común acuerdo la hora y el sitio.

XXIX

Cuando volvió a la capilla, que los ordenanzas habían arreglado en lo que
se persigna un cura loco, poniendo en su lugar cada sagrado objeto, y la
Dolorosa y el Cristo, encontró a Montes de Oca en el momento solemní-
simo de oír su sentencia de muerte. Habíase vestido y acicalado con todo el
esmero posible en la pobreza de su cárcel, y en su rostro grave y triste no
se advertía ni temor ni arrogancia. Contaba ya con la muerte, y aceptábala
sin creer que la merecía, como el coronamiento más digno de su desastre
revolucionario. Vivir vencido con vilipendio no era muy airoso, y la noble
causa que había defendido se sublimaba con la sangre de los que inten-
taron ser sus héroes. A la pregunta de si ampliar quería su declaración de

la noche anterior, respondió que se confirmaba en ella. Se había sublevado contra el Gobierno, induciendo a paisanos y tropa a la rebelión, porque en conciencia creía que era su deber desobedecer a Espartero. Para él toda autoridad que no fuese la de la reina Doña María Cristina, era ilegal y usurpadora. Declarose miembro del Gobierno Provisional, que proclamaba la Regencia legítima, y como tal expidió decretos y efectuó diferentes actos gubernativos. ¿Quiénes eran sus cómplices? Todos los corazones leales. Su honor no le permitía decir más.

Dicho esto, y elegido para su confesor el cura de San Pedro, entre los dos que le presentaron, dejáronle solo con el sacerdote. Y el buen Ibero se alejó diciendo para sí: «Es... Es: ya no tengo duda. ¿Por qué lo afirmo? No lo sé... No puedo separar en mi pensamiento la imagen de él y la imagen de ella, y me cuesta trabajo convencerme de que no fue real lo que anoche vi... Y yo pregunto: ¿se acordará de ella? Quizás no. Fue un amor pasajero, aventura que se repetía en las buenas ocasiones. Él no la amó nunca... ¡Qué misterios! Ella insensata; él sensato en amores, loco en política. Se asemejan más de lo que parece. Una reina le hace a él mártir, y él ha martirizado a una pobre mujer humilde, la cual me transmite a mí su martirio. Y véome aquí siendo el último mártir. Él muere, moriremos todos uno tras otro... ¡Qué cadena de dolores y muertes!... No doy un paso sin creer que encuentro a la pobre Rafaela pidiéndome la vida de este hombre. Anoche quizás habría sido posible, dejándole escapar por la ventana, y arrojando también por ella mi honor militar y mi nombre sin tacha. Más vale así. Muera el que debe morir ahora, el que ha faltado a la ley política y a la ley de amor. Después seguirán cayendo las otras víctimas, y yo la última, la que en sí acumulará el dolor y el martirio de todas.»

Fue a su alojamiento, con idea de mudarse de ropa. Encerrado en la estancia, ni grande ni lujosa, más bien destartalada y oscura, sufrió un acceso de aflicción intensísima, que se tradujo en sacudidas convulsas y en gritos de dolor. Arrojose en el lecho, de cara contra las almohadas, y clavándose los dedos en el cráneo, no se calmaron sus ansias terribles hasta que no hubo echado en lágrimas parte del dolor que el alma le obstruía... «Yo no puedo salvarle —pensaba—. Ni debo, ni quiero. Cumpla su destino. Será dichoso. Él no hace más que morir; los demás padecemos.» Y al reponerse de tan fiero trastorno, entendiendo que no era ocasión de arrebatos sentimentales, se echó en cara su flaqueza de ánimo. Si sus compañeros y subordinados, en el tremendo acto que ya estaba próximo, le veían tan afligido, con señales de haber llorado, creerían que el valiente Ibero había caído en ridículas afeminaciones. Compuso su fisonomía lo mejor que pudo. La inspección de policía que hizo en su persona fue muy rápida, y partió al cumplimiento de sus deberes. Era la primera vez, en su vida militar, la primera vez que temblaba. Ya conocía el miedo, y este le perseguía haciéndole el coco en formas pueriles. Al menor ruido se estremecía; cualquier sombrajo le asustaba. Al ver los fusiles de sus soldados, la idea de que dispararan le causaba terror.

Procurando sobreponerse a esta ridícula mujeril flaqueza, volvió el coronel a la capilla y encontró a Montes de Oca ya confesado. El general Aleson había entrado a visitarle. Agradeciéndole su cortesía y caridad, pidió el reo se le permitiese dar vivas a Isabel II, a la reina Cristina y a los Fueros. En delicada forma, excitándole a renunciar a estas demostraciones inoportunas, negó su permiso el general. No debía pensar más que en Dios, apartando en absoluto su espíritu de toda idea política. Asimismo quiso el mártir que se le consintiera mandar el fuego, y con tal afán lo pedía, que hubo de acceder Aleson, recordando que había no pocos ejemplos de esta tolerancia en la rica historia del fusilamiento nacional. Pero al propio tiempo que la autoridad militar asentía, protestaba la eclesiástica: el sacerdote declaró con grave acento que el dar la víctima las voces de mando en acto de tal naturaleza, era contrario a los principios religiosos. La muerte en esta forma consumada era un suicidio, y por ningún caso la autorizaba.

Ausente el general, después de reiterar al preso sus sentimientos de piedad y cariño, se reanudó la cuestión, pues Montes de Oca insistía en mandar el fuego, y el cura, inflexible, llevando su negativa a los extremos de la intolerancia, declaró que se retiraría si el reo no se conformaba con que diese las órdenes el oficial encargado de esta triste función. El debate fue empeñadísimo: tomó Ibero partido en él por Montes de Oca, y en apoyo del sacerdote acudieron otros dos clérigos, que hicieron gala de su saber teológico. Por fin, el mismo coronel, viendo que se prolongaba demasiado la contienda, propuso a su amigo esta forma de transacción: «En vez de dar las voces de mando, usted dirá: Granaderos, la religión me prohíbe el mandaros hacerme fuego: el caballero oficial cumplirá este deber. Y para satisfacción de usted, no mandará el oficial; mandaré yo, que es como si usted mismo mandara con su voluntad, no con su palabra.» Pareciole al condenado muy aceptable esta proposición, y los clérigos, aunque entre sí rezongaban, no dijeron nada en contra.

XXX

La hora se acercaba. Trajeron un breve almuerzo que don Manuel había pedido, y de él comió muy poco, sin apetito, bebiendo algo de vino y bastante café. Sentado frente a él, Ibero le contemplaba silencioso, sin atreverse a pronunciar palabra: tal era el respeto que aquel inmenso infortunio, soportado con tanta grandeza de alma, le infundía. En el rostro del reo se hacía visible, desde el amanecer, una lenta transfiguración. Parecía de purísima cera, la frente más blanca que todo lo demás, de una blancura ideal. A ratos, mientras comía, fijaba don Manuel sus ojos azules en los negros de Ibero. Era el cielo mirando a la tierra.

La expresión inefable, dulce y amorosa de aquellos ojos removía toda el alma del coronel, y tan pronto le devolvía su valor perdido como se lo quitaba por entero. En una de aquellas miradas, Ibero pensó que el reo quería decirle algo. Sí, sí: llegaba el momento de expresar la última idea de este mundo y pronunciar la palabra última de los idiomas terrestres. Habló nuevamente Montes de Oca con el sacerdote, apartados junto al altar, y luego acercose a Santiago y le dijo: «Amigo mío, le veo a usted demasiado afligido y como temeroso...»

—He tenido miedo —replicó el alavés abrazándole con efusión—; podía mi compasión más que mi entereza. Pero la presencia de usted me restablece en mi carácter, en mi valentía natural. Para no perderla en lo que pueda, me hago cargo de que los dos vamos a morir juntos, sin duda porque merecemos el mismo fin. Con esta idea, la grandeza de usted se me comunica. Ya no tiemblo. Yo, ejecutor, soy tan bravo como el reo.

—¿Es hora ya?

—Sí... Un momento más. ¿No tiene usted algo que encargarme?... ¿No tiene algo que decirme? Aunque ha dejado escritas sus disposiciones, puede haber persona o suceso que se hayan extraviado en su memoria... persona o suceso que no merezcan olvido...

Montes de Oca, sin perder un momento su serenidad ni el tono claro de su voz, le abrazó dos veces, diciendo sucesivamente: «Este abrazo por usted, señal de un afecto que es mi mayor consuelo, después de la idea de Dios, en la hora de mi muerte... Este otro... ya ve usted que también es apretado... Este otro para que usted lo transmita a las personas que me han querido.»

—¿A las... A quién?

—A toda persona de quien usted sepa que me ha querido mucho... Vámonos. El tambor nos llama.

Salió sin sombrero. En el patio que daba a la calle de San Francisco esperaba una carretela. A ella subió el reo, con el capellán a un lado y el coronel enfrente. Muy bien cumplida por el cochero la orden de acelerar el paso, pronto llegaron a la Florida. Poca gente había en las calles y a la entrada del paseo. El honrado pueblo de Vitoria hizo al mártir los honores de un respetuoso duelo, alejándose del teatro de su martirio. Las personas que acudieron a verle pasar le compadecieron silenciosas. Algunas le miraron llorando. Durante el trayecto fúnebre, Montes de Oca habló algo con el capellán, menos con el coronel; el Sol hería de frente su rostro, y con su mano bien firme, no afectada ni de ligero temblor defendía sus ojos de la viva luz.

La parte de ciudad que recorrió dejaba en su alma impresión de soledad, de silencio, de olvido. Creyó que muriendo él, moría también Vitoria, la que había sido capital del efímero reino de Cristina. En Cristina pensaba el mártir cuando bajó del coche en el lugar donde formaba el cuadro, y al ver a los soldados del regimiento que llevaba el nombre de la augusta princesa, de la diosa, del ídolo, de la Dulcinea más soñada que real, sintió por primera vez el frío de la muerte, y una congoja que hubo de sofocar con titánico esfuerzo para que no se le conociera en el rostro...

Pusiéronle en el sitio donde debía morir; le abrazaron nuevamente con efusión el capellán y el coronel. Las cláusulas del Credo gemían en los labios temblorosos. Santiago no pudo cumplir su promesa de mandar el fuego: su valor, rehecho con ayuda de Dios, a tanto no llegaba. Dos palabras dijo al oficial, mientras el bravo Montes de Oca, con acento firme y sonora voz, dirigía la breve alocución a los granaderos y daba los vivas a Isabel y a Cristina. El Credo seguía lento, premioso... la bendita oración era como un ser vivo que no quería dejarse rezar. Sonó la descarga, y herido en el vientre, el reo permaneció en pie, las manos en los bolsillos del gabán, presentando el pecho a los fusiles. Dio un paso hacia la izquierda; la segunda descarga le hirió en el pecho; se tambaleó, cayendo por fin. Pero continuaba vivo. Ibero se acercó: los azules ojos del mártir le miraron, y sus dos manos señalaron las sienes. Ojos y manos le decían: «Tirarme aquí, y acabemos.» Un soldado le remató.

Solo falta decir, por ahora, que don Santiago Ibero no se apartó del muerto hasta que le puso con sus propias manos en la fosa, abrigándole con la tierra y señalándole con una cruz. Quédese para otra ocasión lo restante del cuento de este noble militar, el luto que guardó a su amigo, las resoluciones que tomó, instigado por la dulce y trágica memoria del mártir, los falsos caminos por donde le llevaron sus desdichados pensamientos, y los desmayos y caídas que en ellos sufrió hasta encontrar por aviso de Dios la vía verdadera.

Fin de Montes de Oca
Madrid, marzo-abril de 1900.

Libros a la carta

A la carta es un servicio especializado para

empresas,

librerías,

bibliotecas,

editoriales

y centros de enseñanza;

y permite confeccionar libros que, por su formato y concepción, sirven a los propósitos más específicos de estas instituciones.

Las empresas nos encargan ediciones personalizadas para marketing editorial o para regalos institucionales. Y los interesados solicitan, a título personal, ediciones antiguas, o no disponibles en el mercado; y las acompañan con notas y comentarios críticos.

Las ediciones tienen como apoyo un libro de estilo con todo tipo de referencias sobre los criterios de tratamiento tipográfico aplicados a nuestros libros que puede ser consultado en Linkgua-ediciones.com.

Linkgua edita por encargo diferentes versiones de una misma obra con distintos tratamientos ortotipográficos (actualizaciones de carácter divulgativo de un clásico, o versiones estrictamente fieles a la edición original de referencia).

Este servicio de ediciones a la carta le permitirá, si usted se dedica a la enseñanza, tener una forma de hacer pública su interpretación de un texto y, sobre una versión digitalizada «base», usted podrá introducir interpretaciones del texto fuente. Es un tópico que los profesores denuncien en clase los desmanes de una edición, o vayan comentando errores de interpretación de un texto y esta es una solución útil a esa necesidad del mundo académico.

Asimismo publicamos de manera sistemática, en un mismo catálogo, tesis doctorales y actas de congresos académicos, que son distribuidas a través de nuestra Web.

El servicio de «libros a la carta» funciona de dos formas.

1. Tenemos un fondo de libros digitalizados que usted puede personalizar en tiradas de al menos cinco ejemplares. Estas personalizaciones pueden ser de todo tipo: añadir notas de clase para uso de un grupo de estudiantes,

introducir logos corporativos para uso con fines de marketing empresarial, etc. etc.

2. Buscamos libros descatalogados de otras editoriales y los reeditamos en tiradas cortas a petición de un cliente.

www.ingramcontent.com/pod-product-compliance
Lightning Source LLC
Chambersburg PA
CBHW050852180626
46814CB00007B/2741